KB122754

나는 그게
가스라이팅인 줄도
모르고

설인하 지음

아빠를 손절했습니다

[너 자꾸 나를 화나게 하면 내가 가만두지 않을 줄 알아라. 네가 가진 모든 걸 다 빼앗고...]

이것은 2023년 12월 말, 새해를 앞둔 어느 날 내가 받은 문자 메시지의 일부다.

내게 이런 문자를 보낸 사람은 누구일까?

---

① 친구
② 직장 상사
③ 애인

정답은 여기에 없다.

내게 저 문자를 보낸 사람은 내 아빠다. 양부도 아니고, 계부도 아니고, 나를 낳아준 친아빠가 맞다. 피 한 방울 섞이지 않은 남들은 내게 '새해 복 많이 받아라.'라는 인사를 건네는 그 시점에, 나의 아빠는 자신의 하나뿐인 딸내미에게 협박 문자를 날렸다.

어찌 보면 감사한 일이다. 저렇게 확실하게 두고두고 기록으로 남을 문자를 보내준 덕분에 나는 미련 없이 아빠를 '손절'할 수 있었다. 그 뒤로 나는 자유로워졌다.

스스로 잃은 줄도 몰랐다가 되찾은 자유는 얼떨떨했다. 마치 영화 《매트릭스》에서처럼 빨간 약*을 먹고 현실을 마주하게 된 사람 같았다.

그러나 차차 혼자만의 시간을 가지며 마음을 가라앉히자, 머릿속에 뭔가가 조금씩 떠올랐다. 아빠가 그동안 내게 했던 말들이었다.

그저 다 나 잘되라고 하는 소리인 줄 알았던 말. 그래서 듣다가 기분이 상해도 '내가 예민하고 속이 좁아서 그렇게 느끼는 거겠지.'라고 생각만 하고 넘어갔던 말. 그래서 그때그때 미처 반박하지 못했던 그 모든 말들이 차례로 떠올랐다. 그것들을 혼자서 천천히 곱씹고 또 곱씹다 깨달았다. 내가 여태까지 아빠에게 들어왔던 그런 말들이 전부 가스라이팅이었다는 것을.

'나는 그게 가스라이팅인 줄도 모르고....'

후회가 밀려왔다. 마구 화도 났다. 아빠에게 당장 달려가 따지고 싶었다. '그때 나한테 왜 그런 말을 한 거냐?'라고. 그러나 그럴 순 없었다. 아빠가 나르시시스트라는 것을 깨닫게 된 후 공부한 바에 따르면, 나르시시스트에게 직면하는 것은 바람직한 대응법이 아니기 때문이다. 특히 피해자가 나르시시스트와 완전히 분리될 수 없는 친족 관계일 경우에는 더더욱.

그렇지만 아빠가 평생에 걸쳐 내게 해왔던 말들이 내내 머릿속을 맴돌며 떠나질 않았다.

'넌 애가 너무 까칠해. 대체 누가 널 좋아하겠어?'

'넌 내가 없으면 아무것도 아니야.'

'너는 사람이 향기가 없어.'

그냥 묻어두려고 하면 할수록 그 문장들은 내 안에서 점점 선명해졌다. 대체 나는 왜 그때마다 제대로 반박도 못 하고 저 말을 그냥 다 듣고 있었던 걸까? 바보 같이. 내가 나를 지키지 못했다는 좌절감이 그렇게 해소되지 못한 채 내 가슴에 쌓여만 갔다.

이대로는 억울했다. 누구에게든 말하고 싶었다. 나는 사실 '그런 사람'이 아니라고. 그러나 위에 언급한 이유로 인해 아빠에게는 직접 이 말을 전할 수 없었다. 이미 손절한 사이니까. 그래서 나는 이 책을 쓰기로 결심했다.

이 책은 효의 나라 대한민국에서, 그것도 한부모 가정에서 자란 K 장녀의 아빠 손절기다. 1부에는 내가 그동안 내 아빠한테서 꾸준히 들어왔던 가스라이팅에 대한 반박을 담았고, 2부에는 내가 그동안 아빠의 가스라이팅 속에서 살아왔었다는 현실을 깨닫고 극복해 나가는 과정을 담았다.

당연히 이 책에 실린 모든 이야기는 실화다.

그럼, 지금부터 시작한다.

《매트릭스》는 가상의 미래를 다룬 SF 액션 디스토피아 영화이다. 영화의 배경이 되는 미래 사회의 인류는 '매트릭스'라는 가상 현실 프로그램 안에서 생활한다. 인간들은 그 안에서 스스로 '평범'하다고 믿는 일상을 누리지만, 그것은 진짜 현실이 아니다. 사실 인류는 매트릭스 바깥에 존재하는 '진짜' 현실을 지배하는 기계에 생체전기를 빨아 먹히는 배터리로 이용당하고 있다. 작중에서는 진실의 매개체인 빨간 약을 먹은 사람들만 세상의 진실을 볼 수 있게 된다.

차례

1부

가스라이팅의 말들

너 자폐증이야?

    장기간 가스라이팅을 당해온 사람들은 자신이 처한 상황을 스스로 깨닫기 쉽지 않다. 나르시시스트들은 피해자들을 가스라이팅하다가도, 그들이 지쳐 떠나갈 것 같은 기색을 비치면 애정 어린 당근을 주며 회유하기도 한다. 그러다가 상대가 다시 고분고분해지면 다시 가스라이팅을 시전하길 반복한다.

    나르시시스트들은 이렇게 아슬아슬하게 선을 타는데, 가끔 그 선을 지나칠 때가 있다. 상대가 제 뜻대로 되지 않아 초조해진 나머지 실수를 하게 되는 것이다. 그럴 때 이들은 상대에게 모든 걸 덮어씌우는 것도 모자라 말도 안 되는 무리수를 둔다. 예를 들면 멀쩡한 사람에게 '너 병원에 가봐야 하는 거 아니냐?'라며 정신병자로 몰아가는 식이다. 그 순간 피해자의 위화감이 작동한다. 그간 나르시시스트들에게 맞춰주느라 억눌러왔던 상식이 고개를 드는 것이다.

    '아무리 그래도 이건 좀 아니지 않나?'

    그렇게 느낀 순간 피해자들은 각성한다. 이건 뭔가 좀 이상하다고. 그 순간이 바로 해방의 첫걸음이다.

나도 그랬다. 아빠가 나에게 이렇게 말한 순간.

"너 자폐증이야?"

나는 일순 멍해졌다. 마치 유체 이탈이라도 한 듯이 붕 떠오른 내 정신이 카페에 마주 앉아 있는 아빠와 나의 정수리를 내려다보았다.

'아무리 그래도 내가 저런 소리를 들을 정도는 아닌 것 같은데.'

직전까지 두 시간 내내 이어졌던 말다툼을 돌아보았지만, 여전히 이해가 가지 않는 것은 마찬가지였다. 나는 계속해서 아빠와 내 생각이 서로 다를 뿐이라고 주장했지만, 아빠는 내 생각이 틀렸다며 나를 매도했다.

그러나 아빠가 나에게 '너 자폐증이야?'라고 버럭 소리를 지른 그 순간 이후부터 내 귀에는 다른 말들이 하나도 들어오지 않았다. 나는 아빠가 대체 우리 대화의 어떤 맥락에서 '자폐증'이라는 말을 꺼냈는지 짐작도 할 수 없었다. 게다가 그 말을 저런 용도로 쓰는 건 좀 아니지 않나?

사람이면 상식적인 수준에서 해야 할 말이 있고 하지 말아야 할 말이 있는 법이다. 평소 미디어만 봐도 자폐증을 앓는 아이의 부모들이 얼마나 많은 희생을 감내하면서 살아가는지 충분히 알 수 있다. 그런데 아빠는 실제로 자폐증이 어떤 병인지도 잘 모르고 그 가족들의 삶의 무게에는 전혀 관심도 없으면서 그저 나를 닥치게 만들 의도로 저 말을 쓴 것이다. 이게 맞는 건가? 저런 목적으로 현실에 버젓이 존재하는 남들의 아픔을 끌어오는 게?

그 모습이 너무 얄팍해 보인다고 생각한 순간 아빠의 후광이 서서히 사라졌다. 그러자 잔뜩 인상을 쓴 채 눈을 부라리는 고집 센 늙은 남자의 얼굴이 적나라하게 눈에 들어왔다. 아빠는 가만히 굳은 나를 앞에 두고는 다시 목소리를 높였다.

"내가 너를 아무리 이해해 보려고 해도 이해를 못 하겠어. 네가 왜 그런 생각을 하는지, 대체 네 머릿속에서 무슨 일이 일어나고 있는지 모르겠다고!"

'나도 아빠를 이해 못 하겠는데……'

그래도 나는 아빠가 자폐증이라는 생각은 들지 않았다.

우리가 함께한 지난날이 주마등처럼 머릿속을 스쳐 갔다. 아빠의 눈으로 세상을 보려고 했던 그 모든 날이. 여태까지 살면서 아빠가 내게 가르치려 했던 '세상의 법칙'이란 게 어쩌면 내가 살아왔던 상식적인 세상에서 통하는 것이 아닐 수도 있겠다는 생각이 들었다.

그것이 내가 처음으로 각성한 순간이었다.

나는 그동안 아빠에게 가스라이팅을 당해왔던 것이다.

*

  이건 아주 나중에 든 생각인데, 당시 아빠가 내가 정말 자폐증인 것 같아서 걱정됐다면 저렇게 '너 자폐증이냐?'라고 윽박지를 게 아니라 내 손을 잡고 병원에 데려가는 게 부모로서 할 도리가 아니었을까.

넌 나 아니었으면

이 세상에 태어나지도 못했어

내가 막 8살이 되었을 때, 엄마는 한밤중에 커다란 트렁크에 짐을 챙겨 집을 나갔다. 내가 다시 엄마로부터 연락을 받은 것은 초등학교 고학년이 되었던 어느 날이었다. 엄마는 어느 날 갑자기 내게 불쑥 전화를 걸더니 이렇게 말했다.

"나는 사실 너희 아빠와 결혼할 생각이 없었어. 어쩌다 네가 생겨서 같이 살게 된 거야."

나는 아빠에게 가서 그것이 사실인지 물었다.

"그럼. 넌 나 아니었으면 세상에 태어나지도 못했어."

아빠는 순순히 대답했다. 그러고는 갑자기 내 출생의 비밀을 털어놓기 시작했다. 엄마는 열아홉의 나이에 원치 않게 나를 임신했고, 인생을 망쳤다며 상심했다고 한다. 그녀는 낙태하려고 했지만, 아빠의 거센 반대에 부딪혔다. 혈육에 대한 집착이 강했던 아빠는 엄마에게 무릎을 꿇고 간절히 빌었다. 아이만 낳고 떠나도 좋으니까 제발 애는 지우지 말아 달라고.

　결국 엄마는 낳고 싶지 않은 아이를 낳았고, 당시 사회적 분위기에 따라 아빠와 결혼할 수밖에 없었다. 만 나이 스무 살도 되지 않은 어린 나이에 갓난아이를 낳아야 했던 엄마는 많은 스트레스를 받았다. 그래서인지 내 유년 시절의 기억은 매일 같이 아빠와 싸우고, 울고, 소리 지르고, 내게 화풀이하던 엄마의 불행한 모습으로 점철되어 있다. 엄마는 나도 아빠도 사랑하지 않았다.

　아빠의 말을 듣고 나는 왜 엄마가 나를 사랑하지 않았는지 알게 되었다. 아빠는 내게 이렇게 말한 것이나 다름없었다.

　'네 엄마가 너를 사랑하지 않는 건 당연해. 너는 엄마 배 속에 있을 때 이미 죽었을 운명이었으니까.'

　아빠는 내가 이 이야기에 감동하길 바랐다. 그러나 나는 큰 충격을 받았다. 출생의 비밀을 알게 된 뒤로 한동안은 내가 무엇을 하든, 어디를 가든 '원래는 죽었어야 할 아이'라는 꼬리표가 뒤를 따라다니는 것 같았다. 기분이 찝찝하고 우울했다.

　가끔은 아빠가 원망스러웠다. 대체 왜 내게 저런 말을 한 걸까? 아무리 그게 사실이어도 그렇지, 그게 딸한테 할 소린가? 아빠는 내가 이렇게 상처받을 줄 몰랐던 걸까?

　나는 아주 나중이 되어서야 깨달았다. 당시 아빠가 아무런 거리낌 없이 내게 저런 말을 할 수 있었던 건 아빠가 나르시시스트이기 때문이었다.

　나르시시스트는 자기애성 인격 장애를 소유한 자로, 스스로에 대한 인식이 과대한 반면, 타인에 대한 공감 능력은 결여된 사람을

뜻한다. 이런 종류의 인간들은 자신과 관계를 맺는 인간을 동등한 인격체로 대우하지 않고 그저 나르시시스트 당사자의 자존감을 충족하기 위한 도구로 활용한다.

그러니까 아빠의 '넌 나 아니었으면 이 세상에 태어나지도 못했어'라는 그 말은 '그런 너를 살렸으니, 나는 너의 아빠일 뿐 아니라 생명의 은인이다. 그러니까 너는 나에게 감사한 줄 알아야 해.'라는 무언의 암시와 세뇌였다. 아빠에게는 그 말로 인해 내가 받을 상처보다 내 머릿속에서 아빠라는 존재가 '내 생명을 구해준 영웅'으로 자리 잡는 것이 더 중요했던 것이다. 그래야 내가 아빠에게 감사한 마음을 가지고 자발적으로 곁에 머무르며 아빠의 말을 따를 테니까.

아빠는 그렇게 나의 구원자가 됨으로써 내게 지속적인 영향력을 행사하고 싶었던 것이다.

내가 널 얼마나

정성스레 키웠는지 알아?

아빠는 어릴 때부터 내게 자주 '내가 너를 어떻게 키웠는데'라는 말을 하곤 했다. 아빠 말에 따르면 엄마는 출산 후 나를 돌보는 것이 몹시 서툴렀다고 한다. 그녀는 내게 젖도 제대로 먹이지 않고 그냥 바닥에 내팽개쳐 둔 채 전혀 돌보지 않았다고 했다. 그래서 아빠는 걱정이 된 나머지 갓난아이였던 나를 데리고 일터로 향할 수밖에 없었다. 그렇게 아빠는 검은색 각 그랜저 조수석에 나를 태운 채 온종일 거래처 사람들을 만나러 다녔다. 아빠는 그때를 떠올릴 때마다 뿌듯한 얼굴로 내게 이렇게 강조했다.

"내가 널 얼마나 정성스레 키웠는지 알아?"

처음에는 그저 단순한 생색내기였을 것이다. 그런데 아빠는 틈만 나면 내게 반복적으로 저렇게 말했다. 그 바탕에는 '엄마는 널 죽이려고 했고, 널 방치했고, 근데 내가 그때마다 너를 살렸어. 그러니까 너는 나한테 잘해야 해.'라는 무언의 압박이 실려 있었다.

물론 아빠가 어렸던 나를 돌봐줬기 때문에 내가 엄마의 방치 속에서도 이렇게 순탄하게 클 수 있었던 것은 맞다. 그 부분에 있어서는 항상 감사하게 생각한다. 그런데 아빠가 자꾸 저렇게 나에게

'고마운 줄 알아야지!'라고 호통을 치면 고마운 마음이 막 생기려다가도 싹 사라지는 것 같다.

얼마 전에도 아빠는 내게 이런 문자를 보냈다.

[네가 누구 덕분에 이만큼이나 사는지 알아? 고마운 줄 알아라.]

그래, 고맙다. 만약 아빠가 내게 바란 것이 단순히 '감사하다'라는 말 한마디였다면 나는 바로 순순히 고맙다고 답했을 것이다. 문제는 내게 아빠가 바란 게 그게 아니라는 것이다. 만약 내가 저 상황에서 "알아, 고마워."라고 답한다고 해도 아빠는 계속해서 화를 냈을 테니까.

아빠의 '고마운 줄 알라'라는 그 말은 내게 생색을 내기 위해서도, 감사를 받기 위해서 한 말도 아니다. 그저 나를 무의식적으로 억압해서 내게 강한 영향력을 행사하려는 의도로 뱉은 말이다. 비록 말하는 당사자가 전혀 눈치채지 못하고 있다고 해도 가스라이팅은 가스라이팅이다.

너는 너무 차갑고
이기적이야

아빠는 틈만 나면 내게 이렇게 말했다.

"너는 너무 빈틈없어 보이는 게 문제야. 눈빛도 날카롭고 목소리도 차가워서 사람이 너무 까칠해 보인다고."

그때나 지금이나 나는 대체 뭐가 문제인지 잘 모르겠다. 내가 이런 인상으로 태어나고 싶어서 태어난 것도 아니고(굳이 따지자면 나는 친탁이라 아빠의 얼굴을 더 많이 닮았다), 이런 목소리를 원해서 갖게 된 것도 아니지 않은가?

그런데 아빠는 그 원인을 알고 있었다. 나보고 까칠하다며 지적할 때마다 매번 이런 설명을 덧붙였기 때문이다.

"네가 엄마 사랑을 못 받고 자라서 그래. 마음이 차가운 게."

여기서 포인트는 내가 한부모 가정의 자녀라는 것이다. 엄마와 아빠가 이혼한 뒤부터 내게 부모는 아빠뿐이었다. 그러니 엄밀히 따지자면 그 원인 제공은 엄마 아빠가 한 것이다. 그러니 저런 말은 아빠 입장에서 내게 할 소리는 아니라고 생각한다. 사실 두 사람의 이혼에 관해 말하자면 또 한 권의 책이 나올 정도이므로 자세한 이야기는 여기서 하지 않겠다.

소신 발언을 추가하자면, 만약 아빠가 이혼하지 않았다고 하더라도 난 어차피 엄마의 사랑은 못 받았을 것이다. 엄마는 내가 엄마의 인생에 존재하는 것 자체를 싫어했으니까. 만약 엄마가 아빠 옆에서 존버했다면 나는 더욱 힘들고 우울했을 것이다. 아예 엄마가 없는 것보다 엄마가 있는데도 사랑받지 못하는 삶을 견디는 게 훨씬 더 힘들지 않을까?

나는 애초에 함께해서는 안 됐을 두 사람 사이에서 어쩌다 태어나버린 존재였다. 여덟 살의 나이에 고모 집에 맡겨진 순간부터 나는 항상 나를 먼저 챙겨야 했다. 고모 또한 밖에서 일하느라 늘 바쁘셨기 때문이다. 그래서 나는 직접 내 부모 역할을 했다. 방과 후, 아무도 없는 빈집에서 혼자 밥도 챙겨 먹고, 씻고, 숙제도 하고, 가정통신문의 부모 확인란에 스스로 사인도 했다.

만약 지금의 내 모습이 누군가에게 이기적으로 보인다 해도 어쩔 수 없다고 생각한다. 나는 어릴 때부터 스스로를 최우선으로 챙기는 습관이 단단히 몸에 밴 사람이니까. 그래서 누구로부터 '이기적이다'라는 평을 듣는다 해도 크게 신경 쓰이지 않는다. 오히려 나는 바로 그 이기심 덕분에 내가 이렇게 큰 문제 없이 어른이 될 수 있었다고 생각한다.

다만 나에게 그런 평가를 하는 사람이 내 아빠라면 얘기가 달라진다. 세상 다른 누가 나를 보고 그렇게 말하고 평가하더라도 아빠만큼은 내게 저런 비난을 해서는 안 되는 것 아닐까?

네 엄마를 닮아서 그래

부모들은 가끔 아이에게 장난삼아 이렇게 묻곤 한다.

"○○이는 엄마가 좋아, 아빠가 좋아?"

부모는 별생각 없이 재미로 물어본 질문일 수 있으나 아이로서는 상당히 대답하기 곤란한 질문이다. 그러니 이런 장난은 치지 말아야 한다고 생각한다. 괜히 아이 마음만 불편해지니까.

나는 단 하루도 아빠와 엄마가 사이좋게 지내는 모습을 본 기억이 없다. 심지어 다섯 살에 엄마 아빠의 결혼식에 직접 참석하기까지 했는데도.

한밤중에 엄마가 짐을 싸서 집을 나간 뒤부터 아빠는 내게 사사건건 엄마를 욕하기 시작했다. 엄마가 너무 철이 없었고 이기적이었다는 둥, 자식에 대한 애정이 없었다는 둥, 엄마가 너를 얼마나 괴롭혔는지 기억하냐는 둥…….

그런 식으로 아빠는 우리 가족 사이에 있었던 모든 문제와 잘못을 일방적으로 엄마에게만 뒤집어씌웠다. 비겁한 행동이었다. 엄마는 아빠와 달리 내게 아무런 반론을 제기할 수 없는 상태였다. 이

혼 직후 모든 연락이 끊겨버렸으니까. 그런 상황에서 아빠는 틈이 날 때마다 엄마가 얼마나 못됐었는지 험담을 털어놓았다. 마치 내 귀에 대고 이렇게 외치는 것 같았다.

"아빠야, 엄마야? 역시 아빠가 좋지? 네 엄마는 정말 나쁜 여자였잖아."

나는 혼란스러웠다. 아무리 내가 사랑받지 못한 자식이었다 해도 엄마는 엄마였다. 부부 사이야 뭐 이혼 도장 하나 찍으면 바로 남이 된다 해도 부모와 자식 간의 애착은 그렇게 간단히 끊어낼 수 없는 것 아닌가? 단순히 엄마가 아빠와 헤어졌다고 해서, 나를 버리고 짐을 싸서 나갔다고 해서 당장 엄마를 그렇게 미워할 순 없었다. 그렇지만 이런 생각을 솔직하게 털어놨다간 아빠한테마저 버림받을 것 같았다.

아빠의 행동은 유치했다. 당시의 아빠는 지금 내 나이와 비슷한 30대 후반의 나이였고, 엄마는 아직 스물일곱 살이었다. 물론 두 사람의 부부관계가 파탄에 이르기까지의 과정에서 엄마의 잘못이 전혀 없었던 건 아니다. 그렇지만 당사자가 없는 자리에서 그렇게까지 일방적으로 한쪽의 문제만으로 몰아가는 것도 성숙한 어른의 태도로 보이지는 않는다. 만약 아빠가 정말로 한때나마 엄마를 사랑했다면, 그리고 그녀가 제 아이들의 어머니라는 걸 조금이라도 염두에 두었다면 말귀를 알아들을 나이의 자식에게 그렇게 말해서는 안 됐다고 생각한다.

아빠의 논리에 의하면 두 사람의 관계에서 아빠는 언제나 일방적으로 양보하고 희생했고, 엄마는 아빠의 그런 순수한 마음을 짓밟고 제멋대로 굴기만 했다. 즉, 아빠에게 '엄마'는 '이기적인 행동으로 우리 가정을 파괴한 마녀'와 동의어나 다름없었다.

아빠는 나도 아빠처럼 엄마를 진심으로 미워하길 바랐다. 그러면서도 내가 뭔가 못마땅한 행동을 할 때는 꼭 이렇게 말했다.

"네가 네 엄마를 닮아서 그래. 너처럼 사람이 철이 없고 매사에 이기적이었거든."

어찌 보면 참 편한 사고방식이다. 자식에게서 마음에 들지 않는 점을 발견하면 죄다 배우자 때문이라고 탓해버리면 그만이니까 말이다.

한편으로는 좀 불쌍하다. 나르시시스트가 이런 짓을 하는 이유는 제 인생에 일어난 좌절의 원인을 남 탓으로 돌리지 않으면 견딜 수 없기 때문이다.

성숙한 성인이라면 좌절을 극복하는 과정에서 자기 잘못을 돌아보고 과오가 있었음을 인정하기 마련이다. 한두 번쯤 '그래, 내 잘못도 있으니까.'라고 남들 앞에서 제 잘못을 순순히 인정한다 해도 자아가 무너지진 않으니까.

그러나 나르시시스트들은 그런 자아 성찰이 불가능하다. 그들에게는 제 행동과 잘못을 스스로 돌이켜볼 능력이 없다. 자아가 너무나 연약하기 때문이다. 그들은 자존감의 상당 부분을 타인의 평가에 의존하기 때문에 남들의 시선을 몹시 신경 쓴다. 그들은 자신이 모든 사람에게 항상 완전무결하고 흠 없는 존재로 평가받기를 바란다. 사실 그런 일은 불가능한데 말이다.

만약 자신을 과대 포장하지 못하는 상황에 부딪히면 나르시시스트들의 자존감은 모래성처럼 허무하게 무너져 내린다. 그래서 나르시시스트들은 제 빈약한 자존감을 방어하기 위해 아무렇지 않게 주위 사람들에게 문제의 책임을 떠넘기고 상처입히는 걸 주저하지 않는다. 마치 물에 빠진 사람이 닥치는 대로 손을 뻗어 근처에 접근하는 타인들을 위기에 빠트리는 것처럼. 혹은 철없는 어린아이가 제 잘못을 인정하지 않으려 떼를 쓰듯이.

보면 볼수록 본인만 편하고 주변인들은 피곤한 삶이다. 실제로는 그렇게 살아가는 본인이 가장 불안하고 피곤하겠지만.

네 동생이 너보다
훨씬 나아

내 남동생은 태어나자마자 뇌 수술을 받아 지적장애 3급 판정을 받았다. 그래서 아빠는 어릴 때부터 늘 내게 이렇게 말하곤 했다.

"너는 네 동생 몫까지 두 사람 몫을 해야 한다고 생각해야 해. 동생한테 장애가 있으니까."

"얘를 네 동생이라 생각하지 말고 아들이라고 생각해."

"이런 인연으로 태어난 걸 어떡하겠어? 쟤 인생은 네가 책임져야 해."

문제는 내가 동생과 어릴 때부터 떨어져서 자랐다는 것이다. 아빠는 엄마와 이혼한 뒤 나와 동생을 각각 다른 집에 맡겼다. 내가 여덟 살에 헤어졌던 다섯 살 터울의 동생을 다시 만난 것은 이십 대 중반 무렵이었다. 물론 그사이에 1~2년에 한 번씩 정도는 서로 얼굴을 보고 지내긴 했지만, 그 정도로는 동생에 대한 유대감이나 책임감을 느끼기에는 부족했다.

다행히 내 동생은 말투가 좀 어눌한 것 빼고는 일상생활을 하는 데 별다른 문제가 없었다. 아빠의 지나친 걱정에 비해서 오히려 너무 멀쩡하게 잘살고 있다. 지금도 알아서 착실하게 돈도 벌고 잘 지내고 있다.

그런데도 아빠는 최근까지도 틈만 나면 내게 이렇게 말하곤 했다.

"네 동생의 노후는 네가 책임져야 해. 쟤는 장애가 있잖아."

아빠는 아직도 내 동생이 혼자 내버려두면 평생 남들에게 무시당하고, 여기저기서 사기만 당하다가 비참하게 죽을 것 같은가 보다. 뭐, 그럴 수 있다고 생각한다. 나에게는 동생이지만 아빠에게는 아들이니까. 많이 걱정되겠지. 그런데 내가 이해가 안 가는 건 아빠가 그러면서도 가끔 내게 이런 말을 한다는 것이다.

"봐, 네 동생이 너보다 훨씬 나아."

아빠는 내 동생이 나와 달리 성격이 까칠하지 않다고 했다. 주변 사람들을 생각하는 다정한 성품이 있어 모두에게 사랑받는 스타일이라고 했다. 그것 하나만으로 나보다 모든 면에서 훨씬 나은 사람이라나.

그 말이 틀렸다는 게 아니다. 실제로 내 동생이 나보다 더 나은 부분도 있을 것이다. 그러나 평생 내게 '네 동생은 혼자서는 살아갈 수 있는 능력이 없어서 네가 죽을 때까지 돌봐줘야 한다'라고 강조해 온 아빠가 그 동생과 비교하며 나를 깎아내릴 땐 대체 어떻게 받아들여야 할지 모르겠다.

내가 정말로 동생보다 훨씬 못난 사람이라면 누가 누구를 돌봐야 하는 게 맞는 걸까? 어차피 동생에게 신세 지고 싶은 마음은 없지만, 아무래도 너무 말이 안 되지 않나.

그렇게 아들이 걱정돼서 딸에게 아들의 노후를 떠넘길 생각을 했다면, 적어도 제 딸에게 그 아들보다 무능하다고 말하면 안 되는 것 아닐까?

넌 향기 없는 꽃이야

아빠는 언제나 '여자에게는 향기가 있어야 한다'라고 말했다. 그러면서 나를 가리켜 향기 없는 꽃이라고 했다. 외모는 선머슴 같고, 남을 위해 희생하긴커녕 가장 먼저 제 몫부터 챙기는 모습이 이기적이며, 톡톡 쏘는 직설적인 말투는 남들을 위축되게 만든다고 했다. 즉, 나에게는 여자의 매력이 없으므로 그 어떤 남자도 나를 좋아하지 않을 거라는 것이다.

나는 항상 이 말이 잘 이해가 되지 않았다. 심지어는 내가 한창 아빠의 가스라이팅에 세뇌되어 있었을 때조차 말이다.

대체 그 '향기'라는 건 왜 여자들만 풍겨야 한다는 말인가?

남자들 눈에 보기 좋으라고 예쁘게 꾸미고, 손해 볼 게 뻔한데도 먼저 나서서 자신을 스스로 희생하며, 남자들이 내게 말을 걸 때 위축되지 않도록 내 말투까지 굳이 부드럽게 바꿔야 한다는 걸 납득할 수 없었다.

만약 아빠가 말하는 그 '향기'를 가진 매력적인 여자가 되어 사랑받는 것이 여자의 진정한 행복이라면 나는 차라리 무매력 여자가되어 덜 행복하고 더 편하게 살련다.

누가 너를 좋아하겠니?

아빠는 늘 나에게 사람이 까칠하다고 했다. 같이 있으면 왠지 편안한 기분이 들지 않고 괜히 눈치를 보게 된다는 것이다. '대체 왜?'라고 물으면 그렇게 물어보는 행위조차 까칠한 거라고 또 뭐라고 했다.

"너는 사람이 너무 까칠해. 그러면 누가 널 좋아하겠어?"

아빠의 그런 평가에는 일관된 기준이 없었다. 어떤 날은 내 눈빛이 날카로워서, 어떤 날에는 아빠의 말에 '왜'라고 되물어서, 어떤 날에는 아빠 말의 틀린 점을 지적해서······. 심지어는 내 마른 체형조차 내 '까칠함'의 증거가 됐다. 내 성격이 지나치게 예민해서 살도 안 찐다는 것이다.

지금 와서 생각해 보면 아빠는 나에게서 아주 조금이라도 불편함을 느끼면 습관적으로 저런 소리를 했던 것 같다. 안타깝게도 저 말에는 전혀 타격감이 없었다. 이미 내 주위에는 나를 좋아하는 사람이 많이 있었기 때문이다. 내가 내 모습 그대로는 누구에게도 사랑받을 수 없으리라 생각하는 사람은 오직 아빠뿐이었다.

너는 사람이 너무 가벼워

아빠는 평소 내가 말하는 모습을 마음에 들어 하지 않았다. 일주일에 한 번 만나 밥을 먹으며 내가 그동안 회사에서 있었던 일이나 개인적인 일을 이야기하면 아빠는 꼭 이렇게 핀잔을 줬다.

"너 그렇게 말 빨리하지 마. 어디 가서 무시당한다."

아빠는 내 목소리가 가늘고 말이 빨라서 말할 때마다 사람이 너무 가벼워 보인다고 했다.

하도 무슨 말을 할 때마다 저렇게 지적하니 나도 나름대로 고치려고 노력해 봤다. 의식적으로 말의 빠르기를 늦춰 보고 말수도 줄여 보려고 했다. 그러나 이미 수십 년간 체화된 말하는 습관을 고치기는 쉽지 않았다.

그런데 내가 30대가 된 뒤로는 저 '가볍다'라는 잔소리에 또 하나의 레퍼토리가 추가됐다.

"너는 곧 중년인 애가 머리가 그게 뭐야? 진짜 애도 아니고……."

아빠는 내가 평소에 입고 다니는 옷이나 하고 다니는 머리 모양 하나하나에서 '곧 중년'인 나이의 무게가 느껴지지 않는다고 했다. 그때마다 나는 아빠가 30대라는 연령대를 대체 어떻게 인식하고 있는 건지 알 수 없어서 혼란스러웠다. 물론 나는 아빠가 30대였던 때를 기준으로 보면 곧 중년인 나이가 맞긴 하다. 그런데 요즘 서른과 예전 서른을 같은 기준으로 두고 볼 수 있을까?

그런데도 아빠는 내 나이가 대략 한 서른셋 정도 됐을 때부터 툭 하면 '너도 내일모레면 마흔'이라고 말했다. 그때마다 '내가 마흔이 되려면 아직 몇 년이 더 남았다'라며 정정해 줬지만, 귓등으로도 안 듣는 것 같았다. 지금에 와서 드는 생각인데, 사실 아빠는 내 나이를 정확히 몰랐을지도 모르겠다.

이제는 좀 알겠다. 아빠에게 중요했던 것은 내 실제 나이가 아니었다. 아빠는 서른 살에 나를 낳았고, 지금의 내 나이에 사업을 부도냈다. 그런데 서른을 훌쩍 넘긴 나는 애를 낳기는커녕 결혼도 하지 않았으며 혼자 변변찮은 사업을 벌여본 적도 없다. 그나마도 다니던 직장은 그만뒀고. 웹소설을 쓴다고는 하지만 아빠 눈에는 반백수처럼 보였을 것이다(수입 면에서도 사실 반백수나 다름없다).

결국 아빠가 못마땅해했던 것은 나이에 맞지 않는 내 옷차림도, 헤어스타일도, 말투도 아니었다. 그냥 '나'였다. 아빠는 서른이 넘은 나이에 멀쩡한 직장도 없고 결혼도 안 했고 애도 안 낳고 그저 나 자신만을 위해 살아가는 내 모습이 마음에 안 들었던 거다. 한마디로 그냥 내가 나인 게 문제였다.

그럼, 아빠의 마음에 들려면 어떻게 해야 했을까?

이젠 그 정답을 알 것 같다. 아빠 마음에 들기 위해서는 나도 나를 싫어해야 했다. 내가 나의 편을 들지 않고 아빠의 앞잡이가 되어야 했다. 그 누구보다 앞장서서 아빠의 시선으로 나를 보고 평가하며 '이건 옳지 않아, 사람이 가벼워 보이고. 이게 뭐야?'라며 자신을 스스로 힐난했어야 했다.

더 나아가서 나는 아빠처럼 말하고 아빠처럼 생각하고 아빠처럼 행동하려고 노력해야 했다. 뭐 내가 아무리 애써 봤자 절대 아빠의 발끝에도 미치지 못하겠지만, 그래도 그런 고난과 역경에 굴하지 않고 '아빠처럼' 되기 위해 꿋꿋하게 노력하는 딸이어야 했다.

그렇지만 나는 한 번도 아빠가 되고 싶었던 적이 없었다. 아빠의 사고방식을 멋지다고 생각하고 닮아가려고 노력했던 그 시기조차 나는 아빠가 될 수 없는 나를 싫어하지 않았다. 오히려 나는 나를 그럭저럭 좋아했다. 아빠가 잔소리할 때면 겉으로 드러내진 않더라도 마음 한편에 '아, 내가 이런 걸 어쩌라고. 나는 그렇게 생각 안 하는데.'라며 중얼거리는 또 다른 내가 있었다. 아빠는 그런 나를 참을 수 없었던 거다.

게다가 솔직히 까놓고 말해서 나는 남들이 내 모습을 보고 '아이고, 참 나잇값 못한다'라고 생각해도 뭐 어쩌라고 싶다. 나는 이런 내 모습이 자연스럽고 편하다. 다른 사람들이 나를 애 같다고 생각하면 뭐 당장 큰일이 나는 것도 아니지 않나?

대체 그 '나잇값'이라는 게 뭘까? 나의 타고난 말투를 바꾸고 남들 앞에서 '어른스러운 나'를 연기해 가면서까지 값을 치러야 할 만큼 가치 있는 것일까? 진짜 나를 숨겨야 할 만큼?

모르겠다. 그리고 일단 나는 여태까지 아빠 외에는 그 누구에게도 말투와 외양을 지적당한 적이 없다.

'네가 말을 너무 빨리 해서 네 말에 신뢰감이 생기지 않는다.'

'목소리가 너무 높아서 애 같다.'

이런 말로 나의 무게를 깎아내리는 사람은 아무도 없었다. 오직 아빠만이 그렇게 했다. 그리고 나는 이제 아빠가 나에 대해서 어떻게 생각하든 별로 신경 쓰지 않는다.

넌 애가 왜 그렇게
부정적이고 예민해?

아빠와 함께 일하던 시절, 가끔 아빠가 사업적으로 위험한 결정을 하려고 하거나, 중요한 검토를 건너뛰려고 할 때가 있었다. 그때마다 걱정돼서 뭔가 의견이라도 내면 아빠는 인상을 팍팍 썼다.

"넌 애가 왜 그렇게 매사에 부정적이고 예민해?"

나는 그 말이 잘 이해되지 않았다. 만약 이것이 내가 다니던 회사에서 진행하던 일이었다면, 같은 상황에서 같은 의견을 냈을 때 이런 소리를 들을 것 같지는 않았기 때문이다. 어떤 일을 진행하기 전에 리스크 관리 차원에서 추후 문제가 될 수 있는 요소를 미리 검토하는 건 당연한 절차가 아닌가?

그런데 아빠는 해보기도 전에 잘 안될 경우부터 미리 가정하는 태도가 부정적이고 예민해 보인다고 했다. 그렇게 시도해 보기도 전에 실패할 생각부터 하면 두려워서 그 어떤 일도 도전할 수 없을 거라고.

어느 정도는 동의하나, 전부 동의할 수는 없었다. 그래서 내 생각을 피력하면 아빠의 설교가 시작되었다. 아빠는 내가 끝내 질려서 침묵할 때까지 두 시간이고, 세 시간이고 말을 멈추지 않았다. 하루는 그러다 하도 답답해서 아빠에게 진지하게 이렇게 부탁한 적도 있다.

"아빠, 나는 어릴 때부터 아빠가 사업에 실패하고 어렵게 지내는 걸 봐 왔잖아. 그래서 자라면서 나도 모르게 안정성을 추구하는 성향이 생긴 것 같아. 반대로 아빠는 뭐든지 도전하면서 많이 망해보고 다시 또 도전하면서 성공한 타입이고. 그러니까 이건 우리 둘 중에 누가 더 옳고, 그른 문제가 아니라고 생각해. 그냥 각자 성향이 다른 거잖아. 그러니까 내 이런 특성도 마냥 부정적으로 보지 말고 장점이라고 생각하고 잘 활용해 보면 안 될까?"

아빠는 내 말을 귓등으로도 듣지 않았다. 아빠는 나의 이런 '잘못된' 성향이 앞으로 내가 살아가는 데 큰 장애가 될 거라고 했다. 그러니 내가 앞으로 정말 '잘' 살고 싶다면 이런 부정적인 태도를 반드시 고쳐야 한다는 것이다.

그러나 그때나 지금이나 나는 내가 잘못됐다는 생각이 전혀 들지 않았다. 만약에 내 태도가 정말로 예민하고 부정적이었다고 하더라도 그 상황에서는 그럴 필요가 있었다고 확신한다. 실제로 그렇게 아빠가 고집을 부려서 체크하지 않고 넘어간 부분에서 나중에 문제가 터지는 경우를 몇 번 경험한 뒤로는 그런 확신이 더욱 강화되었다.

나중에 알게 된 사실이지만 나르시시스트들은 상대방을 가스라이팅할 때 '예민하다'라는 형용사를 자주 쓴다고 한다. 그런데 사실 따져 보면 이 '예민하다'라는 단어의 뜻 자체에는 부정적으로 쓰일 만한 요소가 없다. 네이버 국어사전에 이 단어의 뜻을 찾아보면 가장 처음으로 나오는 의미는 '무엇인가를 느끼는 능력이나 분석하고 판단하는 능력이 빠르고 뛰어나다'이다.

영어 단어 'sensitive'는 어떨까? 마찬가지로 네이버 영어사전에 검색해 보면 가장 먼저 나오는 의미는 '(남의 기분을 헤아리는데) 세심한'이다. 물론 그다음 의미로는 '지나치게 민감하다'라는 뜻도 있다. 그렇다고 해서 이 예민하다는 말을 마냥 부정적인 뉘앙스를 내포한 단어로만 취급하는 건 무리가 있다.

그런데도 우리는 누군가에게 '너 왜 이렇게 예민해?'라는 말을 들으면 왠지 위축되곤 한다. 내가 괜히 별것 아닌 것에 집착하는 것 같고, 마음이 넓지 못한 것 같고. 남들은 아무렇지 않게 생각하는 걸 가지고 괜히 나 혼자 신경 쓰면서 힘들어하는 것 같고.

가장 심각한 것은 그 과정에서 우리가 자기 스스로를 의심하게 된다는 것이다. 나르시시스트들이 가스라이팅을 시전할 때 이 단어를 밥 먹듯이 사용하는 이유가 바로 이거다. 그들은 어떤 상황에 대한 상대방의 반응을 '이성적이지 않은' 것으로 깎아내려 상대가 제 판단력을 의심하도록 만든다. 그래야만 그들이 나르시시스트들의 판단력을 믿고 영향을 받으니까.

이 글을 읽는 독자 중에도 만약 누군가로부터 끊임없이 '예민하다', '부정적이다'라는 말을 듣고 있다면 그 공격에 쉽게 무너지지 않았으면 좋겠다. 사실 예민하다는 말 만큼 주관적으로 근거 없이 한 사람을 미치게 몰아가기 딱 좋은 말도 없다. 그런 말에 흔들리지 말자.

누군가가 나에게 지속해서 '넌 너무 예민하다'라며 지적질을 한다면 '아, 저 인간이 지금 나를 가스라이팅하려고 하는구나.' 라고 생각하고 그냥 무시하면 된다. 부디 저런 헛소리에 인셉션 당해서 자기 자신을 의심하지는 말기를.

내가 꼭 네 눈치를 봐야겠어?

사업가인 아빠의 사전에 '현상 유지'라는 단어는 존재하지 않았다. 아빠는 사업이 어느 정도 안정될 때마다 꼭 뭔가 돈 들어갈 일을 벌이곤 했다. 갑자기 멀쩡한 가게 인테리어를 다 뜯어내고 공사를 하거나 자재를 싹 다 바꿔버리거나 사전에 아무 말도 없이 가게 자리를 덜컥 계약해 오는 식이었다.

그렇게 파격적인 지름을 감행할 때마다 아빠는 이렇게 말했다.

"아빠는 다른 평범한 사람들하고는 생각하는 스케일이 달라. 아빠나 되니까 이런 상황에서 오히려 돈도 더 쓰고 투자도 하는 거야."

예전에는 그런 아빠가 일 중독이라고 생각했는데 지금은 생각이 좀 다르다. 그건 그냥 도파민 중독이다. 원체 사업을 도박하듯이 하니, 돈이 벌려도 가만히 쌓아두지 못하고 또 뭔가에 쓸 궁리를 하는 것이다. 돈을 써야 도파민이 충족되니까.

문제는 아빠가 그럴 때마다 내 트집을 잡았다는 것이다. 즉흥적이고 갑작스러운 지출 결정에 내가 조금이라도 불안해하는 기색을 보이면 '너는 그래서 안 된다.', '그렇게 쫌생이 같은 마인드니까 소탐대실하는 거다.', '그래서야 나중에 이 사업을 이어서 끌어나갈 수 있겠냐?'라며 내게 설교를 늘어놓았다. 마무리는 항상 이 소리였다.

"그러니까 아빠가 하는 일은 그냥 그런가보다, 하고 좋게 받아들여. 내가 꼭 네 눈치를 봐야겠어?"

아빠는 우리 가족의 미래를 위해 헌신하고 이것저것 궁리하려다가 어쩔 수 없이 이런 상황이 돼서 돈을 쓴 건데, 건데, 내가 그 마음을 몰라주고 자신을 믿어주지 않아서 서운하다는 거다.

결국 또 다 내 탓이었다. 나만 마음을 '고쳐먹고' 이 상황을 즐겁게 받아들이기로 하면 아빠도 신이 나서 열심히 할 것이고, 그게 나중에 잘되면 모두에게 좋은 일인데. 굳이 이렇게 미리 걱정하고 예민하게 굴며 초를 칠 필요가 있냐는 것이다.

"그렇게 인상 쓰지 마. 피할 수 없으면 즐기면 되지!"

아빠는 그렇게 외치며 계속 일을 벌였다. 매번 나한테 눈치 주지 말라고 입막음하면서. 그렇지만 나는 도저히 즐길 수가 없었다. 그 결과 지금, 이런 책을 쓰고 있다.

내가 네 부모니까
솔직히 말해주는 거야

나는 살면서 아빠에게 칭찬받아본 적이 단 한 번도 없다. 중간고사에서 만점을 받았을 때도, 과외 한번 받지 않고 대학에 합격했을 때도, 성적 우수 장학금을 받았을 때도 아빠는 내게 그 어떤 칭찬이나 인정의 말 한마디도 해준 적이 없었다. 어떻게든 칭찬 비슷한 말을 들어보고 싶어서 내가 다른 사람에게서 들은 칭찬의 말을 전하면 아빠는 오히려 코웃음을 쳤다.

"다 그냥 하는 말이지. 남들은 원래 좋은 말만 해 주는 거야. 넌 바보같이 그걸 곧이곧대로 믿냐?"

아빠는 내게 남들 말만 믿고 스스로 잘났다고 생각하며 우쭐대지 말라고 했다.

"남들은 겉모습만 보잖아. 네 진짜 모습은 모르고 겉으로 보이는 좋은 모습만 보이니까 좋은 말만 해줄 수 있는 거지."

반면에 아빠는 내 부모라 나에 대해서 누구보다 잘 알고 있어서 오히려 솔직하게 내 단점을 지적해 줄 수 있다는 것이다. 그러면서 아빠는 꼭 이렇게 덧붙였다.

"다 너 잘되라고 하는 말이야. 이 아빠 아니면 누가 너에 대해 이렇게까지 솔직하게 얘기해줄 수 있겠어?"

나는 아빠가 저런 명분을 내세우며 나에게 던지는 막말을 전부 감내해야 했다. 솔직히 말하면 그때는 그런 아빠에게 감사함을 느끼기도 했다. 아빠가 진심으로 나를 생각해서 쓴소리를 해주는 거라고 믿었기 때문이다.

지금 생각해 보면 대체 내가 왜 그랬을까 싶다. 다 개소리였는데.

그 푼돈 가지고

뭐 해 먹고 살려고?

내가 이 세상에 태어났을 무렵 아빠는 젊은 나이에 부와 성공을 거머쥔 사업가였다. 거기서 적당히 만족했다면 좋았겠지만, 아빠는 그러지 못했다. 더 큰 부를 좇아 투자를 거듭하며 자금을 날리다 도박에 빠지기도 했다.

주식 판에는 '산이 높으면 골이 깊다'라는 격언이 있다. 38세에 급격하게 바닥으로 추락한 아빠의 인생은 56세가 되어서야 다시 궤도에 오를 수 있었다. 그 18년 동안 아빠는 사업에 도전하고 실패하고 또다시 도전했다. 도파민이 차고 넘쳐흐르는 삶이었다. 다만 아빠에게는 돌봐야 할 자식이 둘이나 있었다. 그러나 혼자 생존하기도 급급했던 아빠는 자식들을 각각 다른 집에 맡겼다.

고모 집에 맡겨진 나는 아빠 인생의 불안정성이 싫었다. 그래서 점점 아빠와는 달리 안정적으로 평탄하게 살고 싶다는 마음이 강해졌다. 남들 다 가는 대학에 가서, 남들 다 가는 직장에 가고, 평범하게 직장 생활을 하다가 정년퇴직하고 연금을 받으면서 살고 싶었다.

그래서 나는 회사에 취업했다. 아빠는 그런 내 선택을 못마땅해했다. 다시 성공한 사업가가 된 아빠는 내 월급을 '푼돈'이라고 칭했다.

"너 그 푼돈 받아서 뭐 해 먹고 살래? 언제 집 사고, 차 살 거야?"

내가 연봉을 올려 이직한다는 소식을 전해도 아빠는 코웃음만 칠 뿐이었다.

"1년에 겨우 연봉 3, 4천 받아서 생활비로 쓰고 나면 남는 게 뭐가 있는데?"

그러면서 아빠는 나 혼자서 감당할 수 없는 것들을 내 손에 쥐여 주기 시작했다. 내 연봉으로는 손에 넣을 수 없는 넓은 집과 차 같은 것들이었다. 이후 나는 아빠에게 경제적으로 의존하게 됐다. 내 월급만으로는 도저히 그 자산들을 유지할 수 없었기 때문이다.

"거봐. 넌 이 아빠 없었으면 거지 같이 살았을걸."

나는 아빠의 그 말에 반박하지 못했다. 결국 난 성인이 된 뒤에도 오래도록 경제적 독립을 이루지 못했다. 부끄러운 일이지만 그땐 그게 당연하다고 생각했고 아빠에게 감사하며 살았다.

내가 마지막으로 다니던 회사에서 퇴사하기로 결심하자 아빠는 뛸 듯이 기뻐했다.

"잘 생각했어! 회사에 다니면서 1년에 고작 그 정도 버는 건 네 인생의 낭비지."

당시에는 그 말이 아빠가 내 선택을 응원해 주려는 의도로 한 말인 줄 알았다. 그러나 이후 벌어진 일련의 사태들을 보고 그것이 내 착각이었다는 걸 깨닫게 되었다.

직장을 그만둔 뒤 나는 아빠의 사업을 도우며 내 글을 썼다. 이전까지 직장에 다니면서 받던 고정 수입은 사라졌고 글로 얻는 수익은 미미했다. 상황이 이렇게 되자 자연히 아빠에게 경제적으로 거의 100% 의존하게 됐다. 그러자 아빠는 나를 더욱 대놓고 무시하기 시작했다.

"글? 그게 무슨 돈이 된다고. 그거 다 헛고생이야. 돈 되는 일에 힘을 쏟아야지."

"대체 누구 덕분에 이렇게 팔자 좋게 지내고 있는 줄도 모르고……. 시간 있으면 가서 공인중개사 자격증이나 따."

경제적 능력이 있는 나르시시스트 부모들은 자녀의 경제적 자립을 방해한다. 심지어는 자녀에게 멀쩡히 잘 다니던 직장을 그만두라고 권유하기도 한다. 경제적 능력이 없는 자녀는 부모에게 의존할 확률이 높기 때문이다. 그래서 많은 전문가가 나르시시스트 가족에게서 경제적, 정서적, 물리적으로 독립하기를 권한다.

나는 아빠의 기준으로 보면 여전히 헛고생 중이다. 일단 회사 다닐 때보다 수입이 훨씬 적다. 여전히 글을 쓰지만, 돈이 별로 안 돼서 일용직 아르바이트를 한다. 그래도 어떻게든 먹고 살기만 하면 된 거 아닐까? 적어도 나는 내가 일해서 버는 돈을 '푼돈'으로 깎아내리지 않으련다. 내가 나를 먹여 살리기 위해서 얼마나 열심히 사는지는 내가 제일 잘 알고 있으니까.

밥 먹고 똥만 싸다 죽을 거야?

아빠의 인생에는 크고 작은 굴곡이 많았다. 아빠는 그 굴곡 사이를 오가며 모험하듯이 살아왔다. 반면 나는 모험을 별로 좋아하지 않았다. 삶에서 마주친 몇 번의 변곡점에서 나는 거의 항상 안정성을 최우선에 둔 선택지를 골랐다. 아빠는 그때마다 나를 나무랐다.

"너는 왜 그렇게 모험을 안 해? 도전하고 실패하고 쓰러지면 다시 일어나서 또 도전하면서 사는 거지."

아빠는 나에게 패기가 너무 부족하다고 했다. 기왕 한번 사는 인생인데 가슴에 원대한 꿈 한번 품어보지 않고 현실에 안주하는 것은 지레 겁먹고 인생을 포기하는 한심한 행동이라고 했다.

아빠는 본인을 제외한 세상의 모든 사람을 다 한심하게 여겼다. 아빠 눈에 공무원은 평생 규정에 매여 살면서 답답하게 살아가야 하는 사람이었고, 전문직은 그 정도로 공부했는데도 남들 비위나 맞추며 살아야 하는 사람들이었다. 평범한 회사원? 푼돈 받고 남 좋은 일만 해주는 노예였다.

그래서 아빠는 내가 직장에 다니는 것을 별로 좋아하지 않았다. 가끔 내가 직장에서 승진하거나 복지 혜택을 받는 일이 있으면 꼭 이렇게 빈정거렸다.

"직장에 다니면 뼈 빠지게 일해서 집이나 한 채 겨우 대출받아서 사지? 그런데 그게 끝이야. 집 있으면 뭐 해? 평생 빚 갚으면서 그렇게 밥 먹고 똥만 싸다가 죽는 거야. 아무 비전도 꿈도 없이."

내가 직장에 다니는 한 아빠 눈에 나는 월급 받는 노예의 삶에 만족하며 세상에 똥만 생산하는 기계일 뿐이었다.

그런데 여기서 한 가지 반전이 있다. 나는 사실 내가 밥 먹고 똥 싸는 기계인 게 싫지 않다. 건강하고 행복한 삶이 뭐 별건가? 기본적인 욕구가 충족되어야지. 잘 먹고, 잘 자고, 잘 싸고. 이 중 하나라도 안돼서 스트레스받는 사람들이 세상에 얼마나 많은데.

이 세상에 특별한 존재가 되고 싶어 하는 사람들은 많다. 나까지 그런 삶을 욕망하는 자들의 대열에 껴야 하나? 그것도 나의 자발적인 욕망이 아니라 오로지 아빠의 자의식을 충족시켜 주기 위해서 말이다.

생각해 보면 나는 태어나서 지금까지 야망이란 걸 품었던 적이 단 한 번도 없는 것 같다. 지금도 내가 추구하는 삶은 그저 건강하고 단순한 삶이다. 저녁 식사를 하면서 '내일 뭐 먹지?'를 고민하고, 오늘도 똥 시원하게 잘 쌌다고 감탄하는 그런 삶.

굳이 위대한 사람이 되기 위해 노력하고 싶지 않다. 그렇다고 해서 내가 이 세상에 아무 쓸모도 없는 존재라는 생각은 안 든다. 오히려 세상에는 나 같은 잔잔바리 엑스트라들도 좀 있어 줘야 위대한 인물들이 더 돋보인다고 생각한다. 그러니 그런 야망이 있는 사람들이 더 열심히 노력하면 되는 일이다. 그렇지 않은 사람들은 나처럼 그냥 자기 자신으로 만족하며 살아가면 되는 거고.

그리고 솔직히 까놓고 말해서 뭐 위대한 사람은 장 구조가 우리랑 달라서 똥 안 싸고 명언만 싸나? 어차피 인간으로 태어난 이상 우리는 누구나 밥 먹고 똥 싸는 기계다. 나는 똥 잘 못 싸고 스트레스받는 성공한 사람보다 기본 기능에 충실하게 잘 먹고 잘 싸는 소시민인 내가 좋다.

그러니까 나는 그냥 이대로 살련다. 어차피 내가 아무리 날고 긴다 해도 우주의 먼지 같은 존재일 뿐인데 그냥 그걸로 만족하고 행복하게 살다 가도 되지 않을까.

넌 왜 새벽이처럼 못해?

나르시시스트들은 돈을 좋아한다. 그들은 빈곤한 자존감을 들키지 않기 위해 남에게 보이는 겉모습을 매우 중시하는데, 경제력이 있어야 제 모습을 포장하기에 더욱 유리하기 때문이다.

이와 같은 나르시시스트 성향의 부모들은 자녀들을 경제적으로 빈곤한 상태에 빠트리는 경우가 많다. 특히 나의 아빠처럼 나르시시스트 본인이 경제적인 능력이 있을 때는 '돈'을 자녀를 제 뜻대로 조종하는 수단으로 활용하기도 한다. 멀쩡히 잘 다니던 회사를 그만두게 한다든지, 재산을 물려주는 대가로 자녀에게 고분고분하게 따르기를 요구한다든지.

이와는 정반대의 유형도 있다. 나르시시스트 부모가 경제적 능력이 부족한 경우다. 그런 유형의 부모들은 자녀에게 돈이나 부양을 요구하며 경제적으로 착취한다.

동일한 나르시시스트 부모라 하더라도 경제적 상황에 따라서 통제형에서 착취형으로 바뀌기도 하고, 반대로 착취형에서 통제형으로 바뀔 수도 있다.

나의 아빠는 부유해진 뒤에는 경제력을 조종 수단으로 사용하는 통제형 나르시시스트 부모였다. 그러나 예전에는 정반대의 모습을 보였다. 한동안 사업에 재기하지 못하고 그저 떠돌아다니던 빚쟁이였던 시절, 아빠는 이제 갓 대학에 입학한 나를 볼 때마다 이렇게 말하곤 했다.

"다른 생각하지 말고 얼른 대학 졸업해. 네가 이제 우리 집안을 일으켜야지."

"드라마 안 봐? 거기 보면 가난한 집 딸들이 다 열심히 씩씩하게 살면서 가족도 다 돌보더라. 그래, 그 새벽인가 뭔가…… ."

아빠가 말한 '새벽이'는 당시 방영 중이던 KBS 1TV 일일연속극에서 소녀시대 윤아가 맡았던 주인공 배역의 이름이다. 아빠는 대체 뭔 드라마를 그렇게 보는 건지 늘 내게 그런 가족 드라마 속에 나오는 전형적인 가난한 집 착한 딸의 모습을 강요했었다. 그 말에 내가 조금이라도 싫은 기색을 보이거나 반론을 제기하려고 하면 대뜸 이렇게 시비를 걸곤 했다.

"넌 그게 문제야. 왜 새벽이처럼 못하는데?"

어처구니가 없었다. 아빠는 TV 화면 속 새벽이 같은 딸내미들이 세상 어딘가에는 꼭 존재하고 있을 거라고 믿는 것 같았다. 그래서 브라운관을 통해 만난 가상 딸과 현실 세계의 딸을 비교하며 진짜 딸내미를 후려치고 있었다. 엄친딸, 엄친아는 그나마 실존 인물이 기라도 하지. 가상 인물과 저런 식으로 비교당하면 나는 그저 할 말이 없어질 수밖에.

인생은 드라마가 아니다. 그런데 아빠는 가족을 드라마로 배웠다. 그러면서 내게 드라마 속의 K 장녀 새벽이의 삶을 본받으라고 했다. 내가 새벽이처럼 가족의 모든 짐을 다 내 것인 양 짊어지고 씩씩하게 살아가길 바랐다.

뭐 이 세상 어딘가에는 새벽이처럼 살아가는 사람이 있을 수도 있다. 가난한 집의 소녀 가장으로 태어나 밖에 나가서 씩씩하게 돈도 벌어 오고 캔디처럼 재벌가 남주랑 연애하며 집에서는 가족도 살뜰히 돌보는 천사 같은 그런 여주 말이다. 그런데 이쯤에서 우린 한번 생각해 볼 필요가 있다. 만약 그런 인물이 흔하다면 과연 드라마의 주인공이 될 수 있었을까?

나는 저 일일연속극이 방영되는 기간 내내 저 '새벽이라이팅'을 당해야 했다. 그 여파인지 아직도 윤아는 좋아하지만, 새벽이는 싫다. 그런 억척 발랄 소녀 가장 캐릭터가 여주인공으로 나오는 콘텐츠도 별로 좋아하지 않게 되었음은 물론이다.

왜 나를 못 믿어?
아빠 말이 다 맞다고!

나는 아빠만큼 자기 확신이 강한 사람을 본 적이 없다. 아빠 앞에서 아빠의 의견과 조금이라도 다른 의견을 제시하는 사람은 무조건 '틀린' 사람이 된다. 그게 공무원이든 어디 회사 대표든 대통령이든 상관없다. 심지어 회계사나 변호사 같은 전문가의 말도 아빠 생각과 다르면 무조건 틀린 말이었다.

"내가 겪어온 일은 다른 누구보다 내가 제일 잘 알아. 그 사람들은 그냥 남들이 하는 걸 보고 하는 얘기일 뿐인데, 그게 우리 경우와는 다르잖아. 그런데 넌 왜 아빠 말을 못 믿고 그 사람들 말만 듣냐?"

아빠는 우리의 사정을 100% 속속들이 아는 것은 우리뿐이라고 했다. 공무원이나 회계사는 이 사업체를 직접 굴리지도 않으면서 그저 겉에서 보이는 대로 자기들의 기준에 따라 평가할 뿐이지, 시시콜콜한 속사정까지는 잘 모른다는 것이다.

그때마다 나는 마음 한구석에 '아무리 그래도 전문가 말을 저렇게까지 무시할 수 있는 건가?'라는 반발심이 들었다. 그런데 내가 그 자리에서 또 "아니, 근데"로 시작하는 뭔가를 발설하기 시작하면 "네가 대체 뭘 안다고?"라는 말과 함께 아빠의 일장 연설이 시작됐다. 보통 그렇게 시작된 잔소리는 한 시간 내로 끝나지 않았다.

나는 그런 아빠를 보며 디즈니의 애니메이션 영화 《라푼젤》의 빌런인 마녀 고델을 떠올리곤 했다. 그녀는 라푼젤의 머리카락에 걸린 마법을 통해 젊음을 유지하기 위해 어린 라푼젤을 납치해 탑에 가둬둔다. 탑 속에 갇혀 자란 라푼젤이 어느덧 다 커서 바깥세상에 대해 궁금해하면 그녀는 라푼젤의 앞을 가로막고 노래를 부른다. 노래의 제목은 <Mama Knows All(엄마는 다 알아)>이다. 나는 아빠가 저렇게 우길 때마다 쓰는 말들을 모아서 <Papa Knows All(아빠는 다 알아)>이라는 제목의 노래 가사를 쓸 수도 있을 것 같다.

긁어 부스럼 만들지 마

어느 날 갑자기 회계사에게서 전화가 왔다. 사업과 관련해서 제출한 서류에 대해 몇 가지 조언하고 싶은 내용이 있다고 했다. 우리가 요청한 방식대로 처리하면 나중에 몇 가지 걸릴 만한 부분이 있어서 가급적 수정을 권한다는 내용이었다.

다시 검토해 보니 일리 있는 말이었다. 그래서 아빠에게 전화를 걸었다. 회계사의 조언을 간단하게 정리해 설명하자 아빠가 대답했다.

"그냥 내가 원래 시킨 대로 해."

"그러면 나중에 문제가 생길 수 있다는데 괜찮아?"

"아, 그냥 하라고!"

아빠의 목소리에 갑자기 확 짜증이 묻어났다.

"아니, 그 회계사가 대체 뭘 안다고 그 사람 말만 듣고 나한테 이러는 거야?"

"그 사람들이 이런 경우를 많이 봐서 조언해 준 거잖아."

"참 답답하네. 그 회계사가 본 다른 케이스가 우리 케이스랑 완전히 똑같아? 100% 일치하냐고!"

아빠는 씩씩대며 윽박지르기 시작했다. '아빠 말이 다 맞아' 버튼이 눌린 것이다. 그러나 이번에는 나도 물러설 수 없었다.

"만약에 문제가 생기면 어떡해?"

"문제 생기면 그때 가서 처리하면 되지! 너는 애가 참!"

"아니, 그래도……."

"이보세요!"

갑자기 수화기 너머에서 존댓말이 버럭 튀어나왔다. 당황해서 말문이 막힌 사이로 아빠의 성난 목소리가 이어졌다.

"이보세요, 이보세요! 잘 모르면 그냥 가만히 계세요. 괜히 긁어 부스럼 만들지 말고!"

명백한 빈정거림이었다. 머리가 띵해지며 눈가가 뜨거워졌다. 전화 통화를 하는 내내 갑갑했던 가슴 속이 꽉 엉키며 서러움이 몰려왔다. 나는 휴대전화를 손에 쥔 채 길모퉁이에서 한동안 눈물을 흘렸다.

'긁어 부스럼'이라니. 그 말은 여태까지 아빠에게 들었던 모든 말중에 가장 속상하고 충격적이었다. 내가 뭔가를 잘해보려 하면 할수록, 도움이 되려 하면 할수록 오히려 모든 걸 망치기만 하는 사람이라는 의미였으니까.

나는 정말로 아빠한테 도움이 되고 싶어서, 아빠 말만 듣고 대충 처리했다가 혹시라도 나중에 뭔가 잘못돼서 골치 아파질까 봐 더 철저히 알아본 건데 돌아온 말은 '긁어 부스럼 만들지 마'라는 말이었다.

그럼 나는 앞으로 대체 뭘 어떻게 해야 할까? 그냥 아예 생각이란 것 자체를 하지 말아야 하는 것일까? 그냥 아빠가 뭐라고 하든지 묻지도 따지지도 않고 무조건 'Yes, sir!'를 외치며 절대복종해야 맞는 것이었을까? 나중에 문제가 생기더라도?

어쩔 수가 없잖아

아빠는 자기가 원하는 대로 상황이 돌아가지 않으면 화를 냈다. 특히 자신이 내렸던 결정이 잘못된 선택이었던 걸로 드러나면 더 화를 냈다. 이렇게 말하면서.

"어쩔 수가 없잖아!"

이후로는 모든 게 다 남 탓이었다. 담당 공무원이 너무 꼰대 같아서, 회계사가 너무 FM이라 고지식해서, 그 작자가 우리한테 앙심을 품어서, 나라에서 규제를 강화해서……

한 마디로 본인은 그냥 가만히 있었는데 갑자기 사방에서 이런저런 상황이 벌어져서 어쩔 수 없다는 것이다. 그러나 사실 그 모든 일 중에 미리 예상할 수 없던 일은 없었다.

아빠는 평소 남의 말을 절대 듣지 않았다. 무조건 자기가 다 안다고 생각해서 전문가의 말은 싹 다 무시하고 모든 걸 자기 생각대로 진행해 버리곤 했다.

"혹시 그러다 문제가 생기면 어떡해?"

내가 이렇게 물으면, 아빠는 혀를 끌끌 차며 짜증을 냈다.

"또, 또! 넌 왜 자꾸 일어나지도 않을 일을 미리 걱정해? 날 좀 믿으라니까?"

"그래도...."

"에잇, 문제 생기면 그때 가서 걱정해!"

이런 식인데 당연히 문제가 일어날 수밖에 없었다. 물론 그런 상황에 부딪히면 아빠도 나름의 방법으로 수습해 보려고 애쓰긴 했다. 단지 아빠의 방식대로 노력한 게 문제였다.

지난 30년 동안 세상은 참 많이 바뀌었다. 아빠가 한참 젊었을 시절에 써먹었던 편법으로 헤쳐 나가기에는 너무 다양하고 많은 어려움이 닥쳐왔다. 원인은 단 하나, 아빠가 미리 걱정하지 않았기 때문이다.

그 결과, 아빠가 전문가와 담당자의 조언을 받아들여 한번 가정해 보기만 했더라도 충분히 피해 갈 수 있었을 문제들이 우리 앞에 겹겹이 쌓여왔다. 그 점을 짚으면 아빠는 더 심하게 화를 냈다.

"이미 터진 일을 어떻게 해, 그럼? 피할 수 없으면 즐기라고 했어. 그냥 즐기면 되잖아. 어쩔 수 없으니까."

아빠는 그렇게 '어쩔 수 없다'라는 만능 핑계를 휘두르며 애초에 그 일이 터지지 않도록 막을 수 있었다는 사실조차 인정하지 않았다. 그러고 나서 그 일이 다 지나간 뒤에는 꼭 이렇게 말하곤 했다.

"그래도 우리가 그때 그 고생을 한 덕분에 또 배웠잖아. 한번 겪어 보니까 알게 된 거지."

모든 일을 일단 저지르고 보는 아빠의 도전 우선주의 정신은 존중한다. 그러나 한편으로는 똥인지 된장인지 무조건 굳이 찍어 먹어 봐야만 아는 사람은 용감하다기보다는 좀 멍청한 사람이라는 생각이 드는 것도 사실이다.

그래서 나는 저 '어쩔 수 없잖아'라는 말이 너무 싫었다. 궁극의 책임 회피를 위한 마법의 문장처럼 느껴져서. 만약 지금의 나라면, 아빠의 아집 때문에 문제가 생길 때마다 참지 않고 이렇게 말했을 것이다.

"거봐, 내가 뭐랬어?"

사실 직장 생활이나 사회생활을 할 때는 이런 태도를 보이면 안된다. 이미 벌어진 사태 수습에 전혀 도움이 되지 않으니까. 그래도 뭐 괜찮다. 인제 와서 내가 아빠한테 사회생활 할 건 아니니까. 내 직장 상사도 아니고 뭐(차라리 직장 상사였다면 좀 나았으려나, 그런 생각은 가끔 한다).

네가 손주를 안 낳아줘서

어느 날 아빠가 카톡으로 한 장의 사진을 보냈다. 사진에는 어린 강아지를 안은 채 웃고 있는 아빠의 모습이 찍혀 있었다. 이런 메시지와 함께.

[우리 딸이 얼른 결혼해서 손주를 낳아줘야 하는데, 손주를 안 낳아주니까 내가 강아지라도 데려왔다.]

뒤이은 아빠의 메시지 내용은 황당하기에 그지없었다. 도그쇼에서 2위까지 수상했던 어미 개의 혈통을 물려받은 고급 강아지를 압구정의 말티즈 전용 펫숍에서 무려 거금 600만 원을 주고 데려왔다는 것이다. 그렇게 줄줄이 강아지의 스펙을 읊어 대던 아빠는 한동안 그 강아지를 몹시 예뻐했다. '보석 같은 아이'라는 의미를 담아 이름도 '보리'라고 지어주었다. 그러나 그토록 요란했던 애정은 채 2년을 가지 못했다.

아빠는 어느 날 갑자기 다른 가족에게 보리를 떠넘기듯 보내 버렸다(다행히 보리는 지금까지 그 집에서 사랑받으며 잘 살아가고 있다).

이후로도 아빠는 그렇게 강아지가 귀여울 때만 데려왔다가 다 커서 흥미가 식으면 방치하거나 파양하길 반복했다. 나는 아빠에게 정들었다가 버림받는 강아지들이 불쌍했다. 그래서 그때마다 아빠에게 제발 더는 이런 식으로 강아지를 데려오지 말라고 부탁했다. 그러면 아빠는 바로 그다음 주에 어디서 또 다른 강아지를 받아서 데려왔다. 마치 나 보란 듯이. 그때마다 아빠는 내게 이렇게 말했다.

"봐, 네가 아직도 손주를 안 낳아줘서 내가 심심해서 이런 거 아니냐?"

결국 이것도 다 내 탓이라는 얘기였다. 대체 강아지와 손주가 뭔 상관이란 말인가? 애초에 둘은 상호 대체할 수 있는 존재가 아니다. 둘 사이의 공통점이 있다면 둘 다 생명체라는 거고, 귀엽다는 것이고, 인형이 아니라는 것이다.

강아지에 대한 아빠의 관심은 사랑이라기에는 너무 피상적이었다. 특히 아빠는 낯을 많이 가리는 강아지를 선호했는데, 남들 앞에서 강아지가 주인인 자신에게만 충성하는 모습을 뽐낼 수 있었기 때문이다.

"봐, 얜 이렇게 나만 따른다니까?"

그럴 때의 아빠는 '이 강아지가 얼마나 귀엽고 사랑스러운지'가 아니라 '이 충성스러운 강아지가 따르는 유일한 주인인 나'를 과시하고 싶은 마음이 더 강해 보였다. 그래서인지 아빠는 붙임성이 좋아서 누구에게나 꼬리를 흔드는 강아지에게는 금세 흥미를 잃었다.

나르시시스트인 아빠에게 강아지는 처음부터 애정의 대상이 아니라 아빠 자신을 돌보이게 해주는 액세서리에 불과했다.

아빠가 그토록 내 앞에서 노래를 불러댄 '손주'도 사실은 진짜 손주가 보고 싶었던 게 아닐 것이다. 그저 '또래 친구들 다 있는 손주 나만 없어' 같은 생각으로 원했던 게 아닐까 싶다. 그 나이대에 유행하는 손자 토크에 끼기 위한 준비물이랄까?

나는 아빠같이 무책임한 사람에게 강아지를 입양할 기회가 저렇게나 많이 주어진다는 게 믿기지 않았다. 나의 아빠는 개를 키우면 안 되는 사람이었다. 애초에 자식을 낳아서는 안 되는 사람이었던 것처럼.

소탐대실(小貪大失)

'소탐대실(小貪大失)'이라는 말이 있다. '작은 것을 탐내다가 큰 것을 잃게 된다'라는 뜻이다. 아빠와 나 사이의 갈등이 극에 달했을 무렵, 아빠는 매일 같이 이 말을 입에 달고 살았다.

"이게 다 네가 소탐대실할까 봐 그러는 거야! 너는 시야가 좁아서 당장 눈앞의 일밖에 못 보니까! 아빠가 너 대신 멀리 보고 크게 보고 얘기해주는 거라고!"

아빠의 기준으로 보면 나는 세상일을 보는 시야가 넓지 못하고 인생 경험이 부족해서 당장 눈앞의 것만 탐내는 소인배였다. 그러니 괜히 나 혼자 생각하고 판단해서 소탐대실하지 말고 아빠 말을 듣는 편이 더 좋을 거라고 했다.

"나는 말이야, 평소에 소탐대실하는 사람들이 제일 한심해. 내 딸인 네가 남들처럼 그렇게 소심하고 한심하게 사는 꼴을 어떻게 가만히 두고 볼 수 있겠어?"

인제 와서 상황을 돌아보니 아빠 말이 좀 우습다. 그토록 한심하다던 소탐대실은 대체 누가 하고 있는 걸까?

돈과 명예와 평판을 좇다가 딸을 잃은 아빠일까?

아빠를 손절하고 심신의 자유와 건강, 평화를 얻은 나일까?

내가 마지막으로
백화점에 간 게 언젠지 알아?

나르시시스트들은 생각의 중심이 자신 쪽으로 지나치게 쏠려 있어서인지 종종 상황을 객관적으로 인지하지 못한다. 특히 무슨 손해라도 보게 되면 자신이 입은 손해를 실제에 비해 지나치게 거대하게 과장해서 받아들인다.

그래서일까? 나르시시스트들은 대개 스스로 착하다고 생각한다. 스스로 생각하기에 그들은 언제나 남을 위해 희생하기 때문이다. 그런데 남들은 그 고생의 가치를 잘 몰라준다. 그래서 그들은 종종 억울해하며 자기 연민을 과시한다.

예를 들면 이런 것이다. 아빠는 항상 본인이 나를 위해 부단히 희생하는 삶을 살아왔다는 것을 강조했다. 예를 들어 예전에 모든 재산을 잃고 나서 혼자 노숙자가 되어 떠돌던 시기, 아빠는 너무 힘들어 자살까지 생각했었다고 한다. 그러나 나를 생각해서 차마 죽지 못하고 열심히 살았다는 것이다. 그러니 아빠가 하는 모든 일은 오직 나의 행복과 편안한 삶을 위한 것이라고 했다.

"생각해 봐. 아빠가 여태까지 살면서 너한테 피해준 거 있어? 다 너 좋으라고 하는 일 아니야."

나는 부정할 수 없었다. 아빠가 한때 자기 목숨을 끊을 생각을 했을 정도로 삶을 힘겨워했다고, 그래도 나 때문에 죽지 못해서 살았다고 말하는데. 그런 아빠의 면전에 대고 뭐라 반박할 수 있는 자식이 세상에 얼마나 있을까?

그러나 아빠의 행동과 말 사이에는 언제나 괴리가 존재했다. 아빠는 나를 위해서라는 명분으로 내가 원하지 않는 방향으로 사업을 위험하게 끌고 갔다. 내가 불안한 기색이라도 내비치면 이렇게 비난하면서.

"겁쟁이. 너는 그래서 안 돼."

결국 모든 일은 아빠 뜻대로 진행됐다. 그런데 정말 만약 아빠 말대로 이 모든 게 나를 위한 거라면, 왜 그 당사자인 내 의견은 받아들여질 수 없는 걸까?

아빠는 결국 그렇게 겁쟁이 취급을 하던 내 이름으로 대출을 실행하여 사업 자금으로 가져다 썼다. 몇 년 동안 어마어마한 돈이 투자금이라는 명목으로 허공으로 사라져 버렸다. 혹시 모를 상황에 대비해 여유가 있을 때 미리 조금씩이라도 돈을 모아 두자는 내 말은 아빠의 귓등에 스치지조차 못했다.

아빠는 거침없이 일을 벌였다. 그러나 이후 벌어지는 일들에 대한 관리는 하나도 하지 않았다. 빚을 내서 끌어 쓰는 돈은 늘어나는데 수입은 별로 늘어나지 않았다. 조금만 돈이 벌릴 것 같으면 아빠는 또 대출을 받자고 했다. 악순환이 반복됐다. 상황은 갈수록 빠듯해졌다.

그러던 어느 날 아빠가 갑자기 희생자 코스프레를 하기 시작했다. 갑자기 중고 의류 가게에 가거나 중국 쇼핑 사이트에서 헐값에 싸구려 옷들을 사 입기 시작한 것이다. 이렇게 말하면서.

"아빠는 이제 돈이 없어서 이런 거나 입어야 해."

말도 안 되는 퍼포먼스였다. 아빠는 여전히 벤츠를 타고 있었으니까. 그러나 아빠는 진심으로 자기 연민에 빠져 있었다.

그 언젠가 내가 아빠가 나르시시스트라는 사실을 깨닫고 아빠와 한참 대립하던 시기, 아빠는 나를 향해 이렇게 화를 냈다.

"내가 마지막으로 백화점에 간 게 언젠지 알아? 5년 전이야!"

아빠는 정말로 억울하다는 듯이 얼굴을 벌겋게 붉히고 있었다. 그러나 나는 여전히 이해할 수 없었다. 아빠가 그 말을 내게 하려고 타고 온 차는 올해 새로 뽑은 벤츠였기 때문이다. 그것도 국내에 단 몇 대뿐인.

막말로 본인이 5년 동안 백화점을 못 간 게 그렇게까지 충격받을 일인가? 뭐 자존감이 무너지고 하늘이 무너지고 상대적 박탈감 느껴버리고 그럴 일인가? 눈앞에서 마주한 드라마 킹의 자태에 나까지 완전 킹받아 버렸다.

"내가 널 위해서 밤낮으로 가게에만 붙어서 종일 일만 하는데!"

그게 그렇게 억울하다면 본인 말마따나 나를 위해 희생하지 말고 차라리 그냥 백화점에 가서 돈 펑펑 쓰면서 플렉스 하시라고 말하고 싶다. 다 자기 욕심 때문에, 본인이 더 벌고 싶고 더 성공하고 싶은 욕심 때문에 힘든 거면서 괜히 내 핑계대지말고.

한편으로는 또 저렇게까지 '딸을 위해 밤낮으로 몸 갈아가면서 희생하는 나'라는 추구미를 못 잃는 걸 보면 나르시시스트 부모로 사는 것도 참 피곤하겠다 싶다.

넌 암에 걸릴
유전자가 아닌데?

나는 2020년에 자궁경부암 전 단계를 진단받았다. 다행히 원추절제술이라는 비교적 간단한 수술로 해결될 수 있는 상태였지만 그래도 '암'이 되기 직전이라는 결과에 마음이 무거워지는 건 어쩔 수 없었다.

나는 아빠에게 가서 수술받아야 한다고 말했다. 그러자 아빠가 대뜸 이렇게 말하는 것이 아닌가.

"넌 암에 걸릴 유전자가 아닌데?"

전혀 예상치 못한 답변이었다. 그때는 그냥 당황스럽기만 했는데, 지금은 어떤 사고 회로를 거쳐서 아빠 입에서 저런 말이 나온 건지 알 것 같다.

소식을 들었을 때 아빠가 가장 처음 떠올린 말은 나를 걱정하는 말도, 위로의 말도 아니었다. 아빠의 딸인 나에게 발병한 암 전 단계의 질병이 본인 탓이 아니라는 것이라고 선을 긋는 말이었다. 그래서 내게 저런 말을 한 것이다. '나는 너에게 좋은 유전자만 물려주었으니, 네가 아픈 건 네 탓'이라고. 극도의 책임 회피였다.

물론 나도 내가 유전적 요인 때문에 이런 병에 걸린 것은 아니라고 생각한다. 그렇지만 적어도 난생처음 수술을 앞둔 상황에 가족에게 듣고 싶었던 말이 저런 소리는 아니었다.

수술 당일 아빠 대신 나의 보호자 역할을 해준 것은 20년 지기 친구였다. 수술이 끝날 때까지 아빠에게서는 전화 한 통 없었다.

그날 밤, 수술을 마치고 집에 돌아와 있던 나는 혼자 잠들었다가 흠뻑 피를 쏟으며 잠에서 깼다. 출혈이 심했지만 아빠에게 전화할 마음은 들지 않았다. 나는 내 손으로 운전해서 다시 병원을 찾았다.

"보호자 있으세요?"

"아니요, 없어요."

그 '보호자'라는 말이 몹시 낯설게 느껴졌다. 마치 처음부터 내 인생에는 보호자 따위는 없었던 것처럼.

아빠는 작년에 코에 혹이 생겨서 수술했다. 나는 아빠의 보호자로 동행해 1박 2일 동안 수발을 들었다. 이전부터 아빠의 건강검진을 예약하거나 수술에 수발을 드는 것은 오로지 내 몫이었다. 그러나 내가 아팠을 땐 나는 누구의 손도 빌릴 수 없었다. 내가 아픈 것은 그저 내 탓이고, 아빠를 돌보는 것은 내 당연한 역할이었으니까.

나는 오래 못 살아.
하도 고생을 많이 해서

아빠는 평소 술, 담배를 하지 않는다. 아침에는 일어나자마자 동네 뒷산에 오르고 사우나에 간다. 평소 몸에 좋다는 온갖 건강식품을 찾아 챙겨 먹고 매일 밤 꼬박꼬박 반신욕을 한다. 솔직히 아빠, 나, 동생 이렇게 셋만 두고 보면 우리 중에 아빠가 제일 갓생을 살고 있다고 봐도 무방하다. 그만큼 건강 상태도 우리 중 가장 양호하고, 아마 근육량도 제일 많을 것이다.

그런 아빠도 나이가 들면서 가끔 아프다. 허리가 아프다든지, 다리가 아프다든지. 그럴 때마다 아빠는 이렇게 말한다.

"아빠는 남들처럼 오래 못 살 거야. 젊었을 때 하도 고생을 많이 해서."

내가 이 말을 처음 들었던 게 아빠가 한 52세였던 무렵 같다. 그러나 15년이 지난 지금까지도 아빠는 여전히 정정하다.

물론 아빠가 젊은 시절에 많이 고생한 것은 사실이다. 사업 실패로 인해 빚쟁이가 되어 한동안 이리저리 정처 없이 떠돌면서 살았고, 더러는 노숙도 했었다. 당시 원인을 알 수 없는 심각한 변비와 소화 불량 증세로 한참 고생하다 정신과에 가서 약을 처방받은 뒤에야 겨우 나은 적도 있다고 했다. 아빠는 자기 몸이 그때 완전히 망가져 버린 것 같다고 했다. 그래서 나이를 먹고 나서 이렇게 아프다는 것이다.

그런데 사실 나이 먹고 아픈 것은 아빠뿐만이 아니다. 나도 가끔은 아프고, 3년 전에는 수술도 받았다. 내 동생은 중환자실에 들어갔던 적도 있다. 그런데도 아빠는 자신에게 아픔이 닥칠 때마다 세상에서 가장 큰 일이 난 것처럼 심각한 얼굴로 분위기를 잡는다.

"봐, 나는 오래 못 살아."

예전에는 아빠가 그런 말을 하면 너무 걱정됐다. 당시 나는 아빠의 '너는 나 없이는 당장 굶어 죽는다.'라는 말에 매우 동의하는 완벽한 파파걸이었다. 내 세상이 한순간에 무너질 수도 있다고 생각하면 너무 두려웠다. 그래서 그럴 때면 평소보다 좀 더 아빠한테 고분고분하게 굴었다.

그런데 이런 상황이 몇 번 반복될수록 피로도가 쌓였다. 아빠가 조금이라도 아플 때마다 나를 앉혀두고 저런 식으로 말하는 게 싫었다. 평소에 그렇게 '넌 나 없으면 안 된다.'라고 말해왔으면서 한순간에 갑자기 '그런데 나는 오래 못 살 거야.'라고 말하니 자꾸 불안해졌다.

아빠의 가스라이팅에서 벗어나고 난 뒤, 그런 표현들이 아빠의 무의식적인 협박이었다는 것을 알게 되었다. 사실은 단순한 협박도 아니고 거의 치트 키였다. 나를 조종하고 싶을 때마다 아프다고 이야기하면서 본인의 연약함을 어필한 것이다.

그러한 패턴은 내가 아빠와 멀어진 다음에 더욱 확실하게 드러났다. 내가 아빠에게 발걸음을 끊은 뒤 아빠가 나를 한번 찾아왔다. 아빠는 내게 제안할 것이 있다면서 두 시간이 넘도록 이런저런 이야기를 털어놓았다. 나는 그 시간 내내 어떤 감정적 반응도 보이지 않았다. 그러자 중간중간 내 눈치를 보던 아빠가 갑자기 이런 말을 꺼냈다.

"내가 몸이 예전 같지 않아. 병원에 갔는데 의사가 또……."

예전 같으면 나는 그 말을 듣는 즉시 걱정에 사로잡혔을 것이다. 그러나 이번에는 달랐다. 그저 피로감만 들었다. 아프면 병원에 가서 치료받으면 되지, 굳이 내게 그런 말을 꺼내는 이유가 뭘까?

그리고 아빠가 정말 아빠 말대로 나를 사랑하고 나를 최우선으로 생각한다면, 이렇게 자기 몸이 아프고 불편할 때마다 나를 붙잡고 줄줄 하소연을 늘어놓을 수 있는 걸까? 백번 양보해서 하소연은 할 수 있다 치자. 그런데 이렇게 '봐, 난 곧 죽을 몸이야.'라는 불필요한 말을 덧붙여서 자식의 마음속에 굳이 불안을 심어야 할까?

이는 성숙한 어른의 태도가 아니다. 마치 어린아이가 자기 무릎에 상처가 났다며 봐 달라고 떼를 쓰면서 관심을 끄는 행위나 다름없다. 내 눈에는 나보다 서른 살이 많은 아빠가 미운 일곱 살 아들처럼 보였다.

이후로도 아빠는 내게 몇 번 더 전화를 걸었다.

"내가 요새 몸이 좀 안 좋아서 건강검진 예약을 좀 해야겠는데……."

나는 알아서 하시라고 대답하고는 전화를 끊었다. 냉정히 따지면 건강검진 예약도 병원에 다니는 것도 성인이면 전부 혼자 할 수 있는 일이다. 혼자 할 수 없는 일이라면 혼자 할 수 있는 일로 만드는 것이 본인의 남은 인생에도 좀 더 도움이 될 것이다.

사실 아빠는 요즘도 한 달에 두세 번씩 대학병원에 꼬박꼬박 출석한다. 몸이 조금만 아파도 병원에 가서 머리부터 발끝까지 검사 받고 또 받는다. 검사 결과는 대개 '문제 없음'으로 나오지만 그래도 뭔가 불편하다며 계속 다닌다. 코로나 백신도 4차인가 5차까지 맞았다. 요즘은 당뇨가 올까 봐 무서워서 식단 관리도 철저히 하고 있다고 한다.

"나는 젊을 때 고생해서 오래 못 사니까."

그 누구보다 야무지게 제 건강을 챙기면서도 매번 그렇게 엄살을 떠는 아빠의 모습을 보면 이제 좀 짠하다. 한때는 우주의 재앙도 막아줄 수 있을 것만큼 강력하고 거대한 존재였던 아빠는 이제는 아주 조금도 아픈 게 싫어서 한없이 두려워하는 어린아이의 모습으로 쪼그라들었다.

그래도 나는 그런 아빠가 아프지 않기를 바란다. 지난 세월 동안 아빠가 내게 해 온 이 한마디 때문이다.

"내가 한창 힘들었을 때 콱 죽으려고까지 생각했었는데 네 얼굴이 떠올라서 도저히 죽지 못했어."

나는 아빠의 이 말 만큼은 가스라이팅이 아니라고 믿는다. 젊은 시절 고생고생하며 떠돌았던 아빠가 가족을 위해서 꿋꿋하게 버티며 살아왔다는 사실만은 의심하고 싶지 않다.

그래서 나는 아빠가 건강하기를 바란다. 말로는 맨날 저렇게 아프다, 아프다 하면서도 지금처럼 별 탈 없이 오래오래 살기를 바란다. 막상 아빠가 아프다고 하면 마음이 약해질 것 같으니까. 이기적이지만 이런 날 위해서라도 아빠가 오래오래 건강했으면 좋겠다.

자기 돈 써서 사업하는 건
바보들이나 하는 짓이지

아빠는 30대 후반의 나이에 사업도 실패하고, 도박에 빠지고, 집과 전 재산을 날렸다. 아내와는 이혼했고 가족은 뿔뿔이 흩어졌다. 마흔이 되기도 전에 그렇게 모든 걸 리셋 당한 아빠는 불법, 합법을 가리지 않고 칠전팔기로 이 사업 저 사업에 도전했다. 그 결과 50대 중반의 나이에 다시 재기에 성공했다.

대단한 의지다. 그런데 나는 아빠가 어떻게 매번 돈 한 푼 없는 상태에서도 새로운 사업을 시작할 수 있었던 건지 그 비결이 궁금했다. 몇 년 전 아빠와 함께 일하기 시작하면서 비로소 그 답을 깨닫게 되었다.

"사업은 내 돈으로 하는 게 아니야. 남의 돈으로 하는 거지."

아빠의 자금줄은 주로 가족과 지인들이었다. 아빠는 특유의 말솜씨로 그들에게 사업 비전을 제시했다. 아빠의 가족과 지인들은 아빠가 젊은 나이에 홀아비 신세가 되어 아들딸과 헤어져 밥도 제대로 못 먹고 지내는 모습을 안쓰러워했다. 그래서 아빠가 진심으로 잘되기를 바라며 돈을 빌려줬다.

아빠에게는 금융권 대출보다 이편이 훨씬 나았다. 가족과 지인을 통한 자금 융통에는 복잡한 서류도, 대출 증빙도, 매달 칼같이 상환해야 할 이자도 없었다. 상환 일정에도 기약이 없었다. '잘 되면 갚겠다'라고 약속하긴 했지만, 보통 이런 약속을 하는 사람들은 그 '잘 됐음'의 기준이 한도 끝도 없이 높기 마련이다. 아빠는 그렇게 남의 돈으로 여러 번 사업에 도전했다.

아빠는 빚을 지고도 항상 당당했다. 원래 채무자가 진 빚의 액수가 크면 클수록 채권자는 을이 되는 법이다. 상대에게 돈을 빌려줄 때까지만 해도 분명히 갑이었는데, 막상 돈을 빌려준 뒤에는 반대로 받아야 할 돈 때문에 아쉬운 입장이 되어서 관계가 역전되어 버린다. 왜, 로마 제국의 황제 카이사르도 어마어마한 채무자였다고 하지 않나. 카이사르가 그토록 막대한 권력을 유지할 수 있었던 데에는 채권자들의 역할도 있지 않았을까? 다들 그에게 상환받아야 할 대출금이 있었을 테니까. 카이사르도 아마 '내가 잘돼야 돈도 갚고 당신들에게도 좋은 거다.'라고 채권자들을 가스라이팅했을지도 모르겠다.

나 또한 아빠의 을이 되어버린 채권자 중 하나였다. 나는 아빠의 사업 자금을 대주기 위해 나 혼자서는 감당할 수 없는 액수의 대출을 받아야 했다. 아빠가 받을 수 있는 대출금의 액수보다 내가 받을 수 있는 대출금 액수가 컸기 때문이다. 아빠는 심지어 굳이 대출받을 필요가 없을 때조차 낮은 금리를 명분으로 내게 대출을 더 받아오라고 요구했다.

"원래 이런 건 받을 수 있을 때 다 최대한도로 받아두는 거야. 이게 세상 사는 이치지. 자기 돈 쓰면서 사업하는 건 바보들이나 하는 일이거든."

한때는 정말 그런 줄 알았다. 아빠는 사업을 많이 벌여 본 사람이고 난 아니니까. 그런데 나이가 어느 정도 들고, 주위에 직접 자기 사업을 시작하는 사람들이 많아지면서 나는 아빠의 말이 다 맞는 건 아니라는 걸 알게 되었다. 물론 정부의 지원 사업을 따내거나, 소상공인을 위한 저금리 대출을 실행하여 사업에 필요한 자금을 마련하는 건 현명한 행동이다. 그러나 아빠처럼 당장 필요하지도 않은데 금리가 낮다는 이유로 대출금을 일단 최대한 끌어다 쓰는 모습은 그다지 바람직해 보이지 않는다. 대출 이자 낼 돈은 뭐 어디서 자연 생성되나?

아빠는 대출 이자 같은 소소하고 쩨쩨한 건 그다지 신경 쓸 일이 아니라고 했다. 그런 걸 일일이 신경 써서 어떻게 큰 사업을 하겠냐는 것이다.

그래도 좀 작작 끌어다 써야 하지 않을까. 막말로 아빠가 카이사르 황제는 아니지 않나. 게다가 밖에서 보니 세상 사람들은 그런 걸 사업이 아니고 도박이라고 부르더라.

두뇌 개조 프로젝트

고레에다 히로카즈 감독의 영화 《괴물》에는 이런 대사가 나온다.

"그 녀석의 머리에는 돼지의 뇌가 들어 있다고."

이 말을 내뱉는 사람은 등장인물 '요리'의 아버지이다. 그가 말하는 '돼지의 뇌를 가진 녀석'은 바로 제 아들이다.

"난 말이야, 그걸 '정상'으로 돌려놓으려고 해."

그가 제 친자식을 이렇게 매도하는 이유는 요리의 취향 때문이다. 요리는 꽃을 좋아하고, 남자아이들보다는 여자아이들과 더 잘 어울려 논다. 그의 기준으로 판단했을 땐 사내아이답지 않은 행동이다. 그래서 남자는 제 아들의 머릿속에 뭔가 문제가 있다고 주장한다.

요즘 사람들이 들으면 경악할 만한 소리다. 그런데 나도 이와 비슷한 말을 아빠에게 들어본 적이 있다. 그것도 비교적 최근까지 말이다.

퇴사 후 나는 한동안 아빠의 일을 도우며 글을 썼다. 아빠는 그런 나를 못마땅해하면서도 대놓고 뭐라 하지는 않았다. 그러나 가끔 우리 사이에 의견이 부딪치는 일이 생기면 꼭 이렇게 말했다.

"네가 뭘 알아? 사업가 마인드도 갖지 못했으면서!"

아빠가 매번 강조한 그 '사업가 마인드'가 뭔지 나는 아직도 잘 모르겠다. 사실 스펙으로만 따지고 보면 내가 사업가가 아닌 것도 아니다. 이 책의 출판사가 바로 내가 설립한 1인 출판사 '비체 베르사' 아닌가. 그러나 아빠의 눈에 내가 꾸려가는 이 사업체는 너무 작고 하찮아서 차마 언급할 가치조차 없는 듯했다.

아빠는 내가 사업에 대해 무슨 말을 얹으려고 하면 인상부터 썼다. 이미 내 말을 듣기도 전에 온몸과 마음을 다해 내 의견 따위는 듣지 않을 준비가 되어 있었다.

"너는 사업가의 뇌를 가지고 있지 않아. 네 뇌는 작가의 뇌야. 그러니까 맨날 세상 물정 모르고 소꿉놀이 같은 짓이나 하지. 그래서 이런 상황에서 나처럼 적절한 판단을 내릴 능력이 없는 거야."

아빠는 나에게 대범함이 부족하고, 걱정과 생각은 지나칠 정도로 많다고 했다. 미래를 생각하면 이런 마인드로 살아갈 내가 너무 걱정된다고 했다.

그러던 어느 날이었다. 사업과 관련된 중대한 결정을 앞두고 아빠와 몇 주째 옥신각신하고 있을 때였다. 평소 같았으면 아빠와 실랑이하다 지쳐서 아빠의 의견을 수용했겠지만, 이번 문제만큼은 달랐다. 대충대충 처리했다가는 추후 문제가 터질 수 있는 일이었기 때문에 나도 물러서지 않고 강경하게 맞섰다. 계속되는 갈등에 분위기가 갈수록 험악해지던 어느 날, 아빠가 나를 갑자기 불러 앉혔다. 그러고는 진지하게 이런 말을 꺼냈다.

"최근에 네가 하는 걸 쭉 지켜봤는데 아무래도 안 되겠어. 너는 지금 작가의 뇌로 우리 사업을 판단하려고 하는 게 문제야."

아빠는 내가 굳이 신경 쓰지 않아도 될 작은 일까지 너무 지나치게 신경 쓰는 경향이 있다고 했다. 이대로는 사업을 꾸려가는 데 큰 지장이 있을 거라고도 했다.

"그래서 이제부터 내가 매일 너에게 조금씩 경영 수업을 할 거야. 더 늦기 전에 너에게 사업가의 마인드를 심어줘야겠어."

"뭐?"

그게 무슨 소린가 싶어서 되묻자, 아빠가 진지하게 대답했다.

"네가 하고 싶은 일을 할 때는 작가로 살아. 그런데 사업 관련된 생각을 할 때는 사업가의 뇌로 바뀌어야 해."

아빠는 무슨 그런 얘기를 부엌 불 켜면 거실 불 끄고 다시 거실 불 켜면 부엌 불 끄라는 것처럼 간단하게 말하는 걸까? 애초에 서른이 훌쩍 넘은 딸의 두뇌 속까지 제 뜻대로 바꿔야 한다는 그 참

신한 발상은 대체 어디서 비롯된 것일까?

순간 번뜩하고 영화 《괴물》이 떠올랐다. 제 아들의 머릿속에 돼지의 뇌가 들어있다고 믿던 남자의 얼굴이 아빠의 얼굴 위에 오버랩됐다.

'돼지의 뇌가 이런 뜻이었구나.'

《괴물》의 요리 아버지는 제 자식의 머리에 들어간 돼지의 뇌를 인간의 뇌로 교정하겠다며 아들을 학대했다. 다행히 나는 사업가의 뇌로 개조되기 전에 아빠에게서 탈출했다. 만약 그렇지 않았더라도 아빠의 얼토당토않은 야매 두뇌 개조 프로젝트는 결국 실패로 돌아갔겠지만.

사자와 토끼

동물의 왕 사자가 아이를 낳았다. 그런데 낳고 보니 자식은 자기와 같은 사자가 아니라 토끼였다.

둘은 부녀였지만 하나부터 열까지 전부 달랐다. 먹는 음식도, 생활 습관도, 좋아하는 은신처도 다 달랐다. 그래도 토끼는 아빠 사자를 좋아했다. 토끼의 눈에 사자는 크고 강하고 멋있었다. 그의 풍성한 갈기는 위엄 있어 보였고 발걸음은 위풍당당했다. 그가 가끔가다 한 번씩 큰 소리로 포효하면 온 세상이 울리는 것 같았다.

반면 사자의 눈에는 토끼가 이상해 보였다. 귀는 너무 크고, 앞니는 너무 뭉툭했으며, 꼬리는 너무 짧았다. 무엇보다 사자는 토끼가 자기 딸치고는 너무 연약해 보이는 게 마음에 들지 않았다.

명예욕이 강한 사자는 여태껏 살아오면서 이룩해둔 것이 많았다. 이제 마침내 자식을 얻었으니, 모든 것들을 후계자에게 고스란히 물려주고 제 위대한 이름을 후대에 대대손손 전하고 싶었다. 그런데 후계자인 토끼가 이렇게 약해 보여서야 아무래도 불안했다. 그래서 사자는 더 늦기 전에 토끼를 사자로 만들어야겠다고 결심했다.

그런데 토끼는 사자가 되고 싶어 하지 않았다. 애초에 사자가 하는 일에는 별 관심도 없는 것 같았다. 토끼는 매일 한가롭게 토끼

풀을 뜯고 늘어지게 자고 일어나서 똥을 쌌다. 보면 볼수록 아무런 야망도 생각도 없어 보였다. 그래서 사자는 토끼의 큰 귀를 붙잡고 사사건건 트집을 잡기 시작했다.

"맛대가리 없는 풀때기가 뭐가 그렇게 좋다고 먹어? 고기를 먹어야지! 그러니까 네가 살이 안 찌고 약해 보이는 거야."

"뭘 그렇게 깜짝깜짝 놀라? 너무 예민한 거 아니야?"

"밥 먹고 똥만 싸다 죽을 거야?"

"너는 왜 큰 소리를 못 내? 그래서 어디 다른 동물들이 너를 보고 무서워하겠어?"

사자가 그렇게 지적할 때마다 토끼는 움츠러들었다. 사자는 아빠이기 전에 동물의 왕이었다. 모두에게 존경받는 사자가 자신에게 이렇게 말하니 더욱 혼란스러웠다. 자신이 정말 못난 동물로 느껴지고, 이대로 살아가면 안 될 것 같다는 생각이 들었다.

사자는 토끼를 붙잡고 '교육'을 하기 시작했다. 토끼를 사자로 바꿔놓기 위한 교육이었다. 사자는 토끼의 식단을 고기로 바꾸었고, 사냥을 가르쳤다. 우렁차게 포효하며 다른 동물들에게 겁을 주는 방법도 가르쳤다.

그러나 토끼는 아무리 노력해도 사자처럼 고기를 먹을 수가 없었다. 사냥도 불가능했다. 토끼에게는 사냥에 필요한 날카로운 손톱도 이빨도 없었기 때문이다. 포효도 불가능했다. 토끼의 목에서는 어흥 소리는커녕 큰 소리조차 나오지 않았다. 실망한 사자는 토끼를 더 심하게 다그쳤다.

"네 아빠가 동물의 왕 사자라는 게 얼마나 감사한 일인 줄 알아? 네가 내 자식이 아니었으면 어디 가서 이런 교육을 받을 수 있겠어?"

토끼는 사자의 말이 옳다고 생각했다. 자신이 사자의 자식으로 태어난 것은 아무 동물이나 타고나는 행운이 아니었다. 그러니까 토끼도 제 부족한 점을 개선하고 사자가 되기 위해 최선을 다해 노력하는 게 맞았다. 그래서 토끼는 사자의 마인드를 가지려 애썼다. 고기도 씹어 삼키려고 노력했다. 그런데 도저히 먹을 수가 없어서 사자가 보는 앞에서 먹는 척만 하고 몰래 버렸다.

그렇게 오랜 시간 동안 노력했지만 토끼는 사자가 되지 못했다. 세월이 지나도 길쭉한 귀는 그대로였고, 갈기는 자라나지 않았으며 몸집도 커지지 않았다. 이빨도 발톱도 날카로워지지 않았다. 그런데도 사자는 포기하지 않았다. 늙어가면서 더욱 조급해진 사자는 토끼를 무섭게 닦달하기 시작했다. 그는 날마다 핏덩이를 토끼 앞에 갖다 놓고는 삼키라며 윽박질러댔다.

토끼는 점점 기가 죽었다. 평소 풀을 뜯던 감각이나 깡충깡충 뛰며 느꼈던 즐거움은 온데간데없이 사라지고 그저 '사자가 되지 못하는 못난 나'만 남아 버렸다. 스스로가 가치 없는 존재인 것처럼 느껴졌다. 토끼는 그렇게 제 타고난 모습을 점점 싫어하게 되었다. 삶에 조금씩 불행이 스며드는 줄도 모르고.

다행히 토끼에게는 다른 친구들이 있었다. 평소 숲에서 함께 어울리는 참새, 다람쥐, 햄스터, 사슴 친구들은 모두 토끼를 좋아했다.

"너는 세상일에 관심이 많아서 재미있는 이야기를 많이 알아."

"네가 쓴 글은 참 재미있어."

"나는 네가 자유롭게 뛰어노는 모습이 좋아."

"말랐지만 뭐 어때. 건강하면 됐지."

그런 친구들의 말을 들을 때면 토끼는 자신이 토끼인 것이 썩 괜찮게 느껴졌다. 친구들과 있을 때는 자신이 싫지 않았다. 그래서 제 모습을 있는 그대로 받아들여 주는 친구들과의 시간이 편하고 행복했다. 그러나 사자 앞에 서면 또 불행해졌다. 토끼는 자신이 좋았다가 싫었다. 또 싫었다가 좋았다. 토끼의 삶은 날마다 두 이중적인 감정 사이에서 흔들렸다.

그러던 어느 날, 토끼는 사자에게 사자답지 못하다는 이유로 또 심하게 야단을 맞았다. 서러운 마음에 숲에서 혼자 울고 있는데 숲속 친구들이 찾아와 물었다.

"왜 울어?"

"내가 너무 한심해서 울어."

"네가 뭐가 한심한데?"

"아무리 노력해도 사자가 될 수가 없어서."

토끼가 울먹이며 말하자 숲속 친구들이 어리둥절한 표정으로 물었다.

"그게 무슨 말이야? 너는 토끼잖아."

"누가 그래? 너한테 사자 되라고?"

"아빠가."

"그게 무슨 말도 안 되는 소리야?"

"너희 아빠가 좀 이상한 것 같은데."

토끼는 친구들의 반응에 충격을 받았다.

"내가 능력이 부족해서 사자가 못 되는 게 아니야?"

"아니, 생각해 봐. 초식동물이 어떻게 육식동물이 될 수 있어?"

"그래도 난 사자의 딸인데……."

"너희 아빠가 사자인 거지, 너는 그냥 토끼잖아."

그냥 토끼. 그 말이 마치 창문에 던져진 돌처럼 토끼의 머릿속을 뚫고 들어왔다.

'맞아. 나는 사자의 딸이고……. 토끼야.'

사자에게서 태어났어도 자신은 토끼다. '사자의 딸'이기 전에 이미 '토끼'로 태어났다는 게 더 중요한 것이다. 왜 여태까지 그 생각을 하지 못했을까?

토끼는 사자와의 지난날을 돌이켜 보았다. 불투명하게 느껴졌던 순간들 속에서 답이 선명하게 떠올랐다. 사자는 자신에게서 태어난 딸이 그저 평범한 토끼라는 사실을 믿지 못했다. 토끼가 지금은 토끼여도 나중에는 자신처럼 사자로 바뀔 수 있을 것이라 믿었고, 실제로 그렇게 바꾸려고 했다.

그러나 아무리 사자의 딸이라 해도 타고난 초식동물이 육식동물이 되는 것은 애초에 불가능한 일이었다. 그러니까 자신은 처음부터 사자가 될 수 없는 존재였다. 여태까지 사자의 바람대로 사자가 되려고 애써왔던 자신의 모든 노력이 전부 다 헛짓이었던 것이다.

토끼는 당장 사자를 찾아갔다.

"앞으로 더 이상 '훌륭한 사자 되기' 교육은 받지 않겠어요. 나는 토끼니까 평생 그냥 토끼로 살래요."

사자는 동물의 왕국이 쩌렁쩌렁 울릴 정도로 포효했다.

"토끼라니! 너는 고작 그런 초라한 삶에 만족하겠다는 거야?"

토끼는 귀를 틀어막으며 생각했다.

'어쩌면 아빠는 자기 자식이 그냥 토끼라는 걸 인정하기 싫었는지도 몰라.'

그렇게 생각하니 오히려 사자가 안쓰러워졌다. 그러나 토끼는 그 생각을 굳이 입 밖으로 내진 않았다. 대신 그날 당장 짐을 챙겨 여행을 떠났다. 사자가 여기저기에 대고 토끼를 욕하고 있다는 소문이 귀에 들어올 때면 그냥 한 발짝 더 멀찌감치 뛰어서 사자와 거리를 넓혔다. 그렇게 한 발짝씩 움직이다 보니 어느새 사자의 영역을 완전히 벗어났다.

이제 토끼는 혼자서 자유롭게 풀도 뜯고 세상일에 맘껏 귀도 기울인다. 최근 토끼의 가장 큰 관심사는 자기 자신이다. 사실 지난 세월 토끼는 자기 자신과 그다지 친하게 지내지 못했다. 매번 사자의 관점으로 자신을 스스로 평가해 왔기 때문이다. 그때는 제 모든 것이 부족하게만 보였다. 커다란 귀는 '사자가 되기에는' 너무 커서 어울리지 않고, 성격은 '사자가 되기에는' 너무 겁이 많고, 몸집은 '사자가 되기에는' 너무 위협적이지 않았다.

그러나 자신이 토끼라는 사실을 받아들이고 나자 그 모든 게 고스란히 제 장점이 되었다. 남들의 이야기를 듣고 공감할 수 있는 커다란 귀, 사냥은 못 하지만 높이 도약할 수 있는 빠르고 튼튼한 두 다리, 어떤 풀이든 꼭꼭 씹어 삼킬 수 있는 앞니, 초식동물의 넓은 시야와 뛰어난 직감 능력 등. 자신은 사자 불합격생이지만, 토끼로서는 완전 합격이었다. 토끼는 비로소 자신을 완전히 받아들였다. 그 뒤 혼자서도 하루하루 열심히 살아가며 사자가 될 수 없어도 충분히 행복해질 수 있다는 것을 증명해 나가고 있다.

토끼를 잃은 사자가 어떻게 됐는지 그쪽의 이야기는 전해오지 않는다. 아직도 동네방네 토끼 욕을 하고 있을 수도 있겠지만, 그 소리가 여기까지 닿지는 않는다. 사실 들린다 해도 들을 겨를이 없다. 시도 때도 없이 들려오던 사자의 포효에서 해방된 토끼의 귀는 이제 다른 새롭고 즐거운 일들을 향해 활짝 열려 있으니까.

2부

각성, 그 후

유튜브로 알게 된 아빠의 정체

아빠에게 '너 자폐증이야?'라는 말을 들었던 순간 나는 직감했다. 이건 뭔가 잘못됐다고. 여태까지 철석같이 믿어왔던 세상이 위, 아래로 뒤집히며 극도의 혼란이 찾아왔다. 더 이상 내 판단력을 믿을 수 없었다. 이후 나는 한동안 친구와 지인들을 만날 때마다 이렇게 물었다.

"솔직히 말해줘. 내 정신 상태가 어딘가 좀 이상한 거 같아? 정상적이지 않은 것 같아?"

그런 행동이 그들을 당황스럽게 만든다는 걸 알면서도 도저히 멈출 수 없었다. 아빠가 심어놓은 스스로에 대한 의심을 떨칠 수 없었기 때문이다.

"아니, 네가 뭐가 이상해. 너 정상인데? 왜 그래?"

친구들이 그렇게 말해도 마음의 갑갑함이 도저히 가라앉지 않았다. 그러던 어느 날, 나를 걱정하던 친구가 불쑥 메시지를 보냈다.

[내가 네 이야기를 쭉 들으면서 한번 생각해 봤는데, 네 상황이 아무래도 이런 게 아닐까 해서.]

친구의 메시지 하단에는 유튜브 영상 링크가 하나 첨부되어 있었다. 섬네일에는 이런 문구가 쓰여 있었다.

〈나르시시스트 부모의 9가지 특징〉

당시 내게 '나르시시스트'라는 단어는 낯설었다. '가스라이팅'이라는 말도, 그 용례도 잘 알고 있었으면서도 정작 가스라이팅을 무기로 활용하는 나르시시스트의 존재에 대해서는 아무런 지식이 없었다. 그러나 유튜브 영상의 재생 버튼을 누른 뒤 채 1분도 되지 않아 나는 곧바로 깨달았다.

'이거였구나!'

영상에 유튜버가 나와서 나르시시스트 부모에 대해 설명하는 순간부터 알 수 있었다. 그가 차분히 말로 풀어놓는 나르시시스트 부모들의 특징과 고질적인 말버릇, 행동 패턴 등……. 그 모든 게 여태까지 아빠가 내게 했던 말과 행동과 소름 끼칠 정도로 유사했다. 마치 멀리서 나와 아빠의 모습을 지켜보기라도 한 것처럼 말이다.

'이거 완전히 내 얘기잖아?'

그렇게 내심 감탄하며 영상을 보다 보니 20분이 순식간에 지나갔다. 영상이 끝난 뒤에는 머릿속이 한동안 멍했다. 어안이 벙벙한 가운데 아빠와의 지난날이 주마등처럼 머릿속을 스쳐 지나갔다. 습관적으로 나를 후려치던 말들, 나를 위한 희생을 과장하며 내게 죄책감을 심어주려던 행동, 아빠와는 도저히 대화가 통하지 않는다고 느껴서 좌절했던 순간들까지. 이때까지 몸과 마음에 남아 있던 모든 기억과 상처들이 한꺼번에 튀어나와 머릿속을 온통 뒤죽박죽으로 만들었다.

폭풍 같았던 혼란의 시간이 지난 뒤 점차 가슴이 진정되었다. 마음이 고요해지니 비로소 모든 것이 명확히 보이기 시작했다.

아빠는 나르시시스트였다. 그리고 그동안 내가 당해왔던 것은, 소위 세상 사람들이 '가스라이팅'이라고 부르는 것이었다. 나는 그것이 가스라이팅인 줄도 모르고 가스라이팅을 당해왔던 것이다. 그것도 거의 평생에 걸쳐서 말이다.

아빠를 이해하려고 노력하고, 그에게 이해받으려 애쓰고, 결국에는 이해할 수 없어서 괴로워했던 그 모든 날이 떠올랐다. 내가 잘못된 게 아니었다. 나에게 문제가 있었던 게 아니라 아빠가 나르시시스트였던 게 문제였다. 그 사실을 깨닫자 신기하게도 미칠 듯이 가슴을 옥죄어오던 갑갑함과 불안함이 한순간에 해소되었다.

더는 괴롭지도, 무섭지도 않았다. 내가 어딘가 잘못된 걸까 봐 불안하지도 않았다. 나는 유튜브에 '나르시시스트' 혹은 '나르시시스트 부모'라는 키워드를 검색해 보았다. 알고 보니 유튜브에는 이미 이 주제에 대한 영상이 수없이 많이 올라와 있었다.

<당신 곁의 그 사람이 나르시시스트라는 증거>

<나르시시스트에게서 멀어지는 방법>

<나르시시스트들은 왜? 착한 척을 하는 것일까?>

<나르시시스트들이 가스라이팅을 하는 이유>

심리 상담가, 심리 크리에이터, 정신 분석가를 포함한 다양한 크리에이터들이 각자의 방식으로 '나르시시스트'라는 주제를 다루고 있었다. 신기했다. 이렇게 많은 사람이 나르시시스트를 주제로 영상을 올리고 있는데 나는 그걸 전혀 모르고 있었다는 게.

이후 나는 몇 날 며칠에 걸쳐 나르시시스트와 관련한 영상들을 닥치는 대로 찾아보았다. 공중파 방송에 정신과 전문의가 출연해 나르시시스트에 대해 인터뷰한 영상부터, 각종 유형별 나르시시스트의 행동 사례 영상까지 전부 찾아보았다. 그중에는 나처럼 나르시시스트 부모에게 괴롭힘을 당하는 자녀의 사연이 담긴 유튜브도 있었다.

수많은 영상과 댓글을 찾아보면서 나는 내게 일어났던 일들이 우리 가족만의 특수한 일이 아니라는 것을 깨달았다. 알고 보니 세상에는 나르시시스트들에게 고통받고 있는 피해자들이 무수히 많았다. 나는 온라인으로 접한 모든 나르시시스트의 피해자들에게 공감하고 분노했다. 그러면서 자연스레 내게 벌어졌던 일들을 객관화할 수 있게 되었다.

이전까지 내가 끌어안고 있던 답답함은 대부분 아빠를 도저히 이해할 수 없다는 답답함에서 비롯된 것이었다. 그런데 아빠를 나르시시스트로 정의하고 나자, 모든 것이 이해되며 답답한 마음이 싹 해소되었다. 그러자 마음 한쪽에서 근원적인 호기심이 솟아났다.

'대체 나르시시스트들은 왜 이러는 것일까?'

찾아보니 이에 관한 책이 꽤 많았다. 국내외의 정신 분석 전문가, 심리 상담가가 쓴 책도 있었고 '나르시시스트'를 주 소재로 다루는 유튜브 채널의 크리에이터가 직접 낸 책도 있었다. 나는 그런 책들을 한 권씩 구해서 읽어 나가기 시작했다.

그렇게 나는 '나르시시스트'의 세계에 입문하게 됐다. 이전처럼 괴롭거나 막막하진 않았다. 적어도 나는 이제 내가 알아야 할 존재가 무엇인지 명확히 알고 있었으니까.

부모가 나르시시스트인 사람들

나르시시스트를 주제로 한 유튜브 영상의 댓글 창을 보면 심심찮게 이런 댓글들을 발견하게 된다.

- 저도 이런 사람에게 가스라이팅을 당해서 힘들었어요.

- 영상을 보고 생각해 보니 저도 이런 경우였던 것 같아요.

이런 댓글을 다는 사람들은 대부분 주변의 나르시시스트들에게 크고 작은 정신적 피해를 입은 피해자들이다. 그래서인지 동질감이 느껴져 눈에 띌 때마다 유심히 읽게 된다. 그중에서도 아무래도 나처럼 부모가 나르시시스트였던 사람들이 쓴 댓글에 유독 마음이 쓰인다. 그들의 댓글은 놀라울 정도로 솔직하다.

'나르시시스트인 부모가 싫어서 대학에 입학하자마자 독립했는데, 사귀게 된 남자친구가 나르시시스트였다'라는 사연 정도는 약과다. 나르시시스트 부모 밑에서 커서 나르시시스트인 배우자를 만나 이미 자식까지 낳았다는 사람도 있다. 배우자가 자기 자식들을 가스라이팅하는 모습을 보고 그제야 자신이 부모에게 가스라이팅을 당해 왔다는 걸 깨닫게 되었다는 것이다(안타깝게도 이런 경우가 꽤 많다고 한다). 평생 자신을 가스라이팅해 온 어머니가 돌아가셨는데 전혀 슬프지 않고 오히려 해방됐다는 느낌이 든다며 쓸쓸해하는 사람도 있었다.

끝도 없이 이어지는 충격적일 정도로 솔직한 댓글들을 보면 서글 프다. 이 사람들은 분명히 여태까지 살면서 그 어디에도 제 부모에 관한 생각을 쉽게 털어놓지 못했을 것이다. 그래서 이렇게 유튜브 댓글의 익명성을 빌어서라도 긴 세월 가슴에 쌓인 한을 풀어내는 것이다. 대나무숲에 대고 '임금님 귀는 당나귀 귀'를 외치는 임금 님의 두건장이처럼 말이다.

사람들은 흔히 세상은 비정한 지옥이고, 가족만이 유일한 안식처 라고 생각한다. 그래서 무슨 일이 있어도 어떤 상황에서도 가족을 최우선으로 생각하고 지켜내야 한다고 믿는다. 영화나 드라마만 봐도 그렇다. 이런 사회적 분위기 속에서 가족이 지옥이라는 현실 을 끌어안고 살아가는 것은 상상 이상으로 힘든 일이다. 나야 뭐 기꺼이 자발적 불효자가 되기로 결심했다지만, 세상에는 이런저런 사회적 규범에 엮여 속 시원히 불효를 선언하지 못하는 사람들도 많으니까.

그렇지만 이런 상황에 부닥친 자녀들에게까지 천륜의 무게를 거 론하는 것은 가혹하다고 생각한다. 가뜩이나 나르시시스트의 자녀 들은 고도의 스트레스와 속병에 시달리다 암과 같은 큰 질환을 앓 게 되는 경우가 많다고 한다. 그런데도 자식이라면 응당 부모가 주 는 스트레스까지 달게 감내해야 한다며 사회적으로 압박을 가하는 것은 일종의 간접 살인처럼 느껴진다.

그런 사회는 너무 무겁고 답답하다. 부모든 자식이든 누구든 간 에 내게 해를 끼치려고 한다면 거침없이 손절을 선언할 수 있어야 한다고 생각한다. 딱 그 정도의 숨통만 틔워줘도 나르시시스트의 자녀들은 지금보다 조금 더 정신적으로 건강하게 살아갈 수 있지 않을까.

나르시시스트와의 첫 연애

나르시시스트인 부모로부터 오랜 시간 가스라이팅을 받으며 살아왔던 사람들은 무의식적으로 제 부모와 비슷한 사람에게 끌리는 경우가 많다. 오랜 기간 나르시시스트 부모로부터 착취당하면서 스스로 그런 역할을 수행하는 데 너무도 익숙해졌기 때문이다.

부모와의 관계는 한 인간이 이 세상에 태어나서 가장 처음으로 맺는 관계다. 그래서 어린 시절부터 부모와 어떤 식으로 감정의 상호작용을 하고 애착 관계를 맺었는지에 따라 그 사람이 무심코 편안하게 느끼는 관계의 형태가 정해진다고 한다. 한 사람이 누군가와 가장 친근한 형태로 맺을 수 있는 감정적 교류의 원형이 바로 부모-자식 간의 관계이기 때문이다.

그래서인지 나르시시스트 부모에 대해 다룬 유튜브의 댓글들을 보다 보면 이런 상황에 부닥친 사람들의 고민이 담긴 댓글들이 많다.

'부모님이 나르시시스트였는데, 지금 연애 중인 상대도 나르시시스트인 것 같아요.'

비슷한 사례들을 차근차근히 읽다 보니 문득 내 첫 연애가 떠올랐다.

내 첫 남자친구는 내가 주관이 뚜렷한 사람이라 마음에 든다고 했다. 그런데 아이러니하게도 우리가 사귀는 동안 그는 내게 끊임없이 이런 잔소리를 했다.

"너는 너무 네가 좋아하는 것만 좋아해. 네가 정말 나를 좋아하면 내가 좋아하는 걸 같이 좋아해야지."

"넌 사람이 너무 편협한 것 같아. 그렇게 살면 발전이 없잖아?"

"너는 나에 대한 존중이 너무 없어."

"네가 내 말에 자꾸 상처받으니까 내가 꼭 나쁜 사람 같잖아. 난 다 너 잘되라고 해주는 소린데."

그때는 잘 몰랐는데 인제 와서 보니 그가 했던 말들이 아빠가 최근까지 내게 하던 말들과 놀랍도록 유사하다. 나에게 두고두고 트라우마를 남길 정도로 끔찍했던 생애 첫 연애 상대가 아빠와 같은 나르시시스트였던 것이다.

그러고 보니 내가 그의 앞에서 느꼈던 갑갑함은 아빠 앞에서 느꼈던 막막함과 비슷했다. 우리 둘 사이의 갈등을 비롯한 모든 문제의 원인이 나라는 생각, 그로부터 발생한 자괴감과 죄책감. 왜 나는 그에게 '어울리는' 여자가 되기 위해 좀 더 성숙해지지 못하는 걸까 고민했던 순간들.

그는 내 모든 걸 못마땅해했고 언제나 잔소리를 늘어놓았다. 나는 눈물을 줄줄 흘리면서도 그를 떠나지 못했다. 그때의 나는 나 자신보다 남자친구를 더 사랑했다. 남자친구는 내가 세상에서 가장 사랑하고 의지하는 사람이었으니까. 그런데 나는 정작 그 사람 곁에 있는 내 모습을 전혀 사랑할 수 없었다.

내가 그 지긋지긋했던 첫 연애를 끝낼 수 있었던 것은 우리가 다투던 중에 그 남자가 내게 선을 넘는 말을 했기 때문이었다. 그 말을 듣자마자 나는 이렇게 생각했다.

'내가 이런 놈한테 이런 소리까지 들어가면서 연애하는 걸 알면 우리 아빠가 얼마나 마음 아파할까?'

어찌 보면 끔찍한 일이다. 지나고 보니 그때 나의 가슴을 아프게 했던 그 남자의 모든 말들이 전부 아빠가 지금까지 내게 해왔던 말들과 같은 말들이었으니까. 그때도 지금도, 그것을 '사랑'이라고 믿고 싶었던 내 마음이 필사적으로 내 귀를 막고 있었을 뿐이다.

가스라이팅을 당했던 이유

내가 아빠한테 지난 세월 당해왔던 것이 사실 가스라이팅이었다는 것을 처음 깨달았을 때는 현실을 믿고 싶지 않았다. 여태까지 살면서 단 한 번도 '가스라이팅'이라는 단어와 나를 연결 짓게 될 줄은 상상도 못 했기 때문이다. 그 말은 언제나 미디어에서 언급되는 말이었고, TV나 인스타툰, 에세이, 유튜브 등을 통해 다뤄지는 말이었지만 결코 내 이야기는 아니었다. 나는 주로 매체에서 다뤄지는 가스라이팅의 피해자들을 동정하는 쪽이었다. 그런데 갑자기 하루아침에 나도 그런 피해자가 된 것이다.

평소에 '똑 부러진다.', '자기 확신이 넘쳐 보인다.'라는 말을 듣는 내가 누군가에게 이렇게 오랜 시간 동안 휘둘리고 있었다니. 똑똑한 척은 혼자 다 해놓고서는 반전도 이런 반전이 없었다. 자괴감이 몰려왔다.

가스라이팅의 피해자들은 이렇게 나처럼 자신의 피해 사실을 인지하고 난 뒤 극심한 자책감에 시달린다고 한다.

'왜 진작 눈치채지 못했을까?'

'바보같이 왜 그런 것도 몰랐을까?'

나도 마찬가지였다(이 책의 제목을 다시 한번 상기해 보라). 그래도 나는 이 자책감에서 상대적으로 빠르게 회복될 수 있었다. 이 상황에 순수한 호기심이 들었기 때문이다.

'내가 어쩌다 가스라이팅을 당했을까?'

아무리 생각해 봐도 이해할 수 없었다. 나는 평소 남을 잘 믿지 않는다. 매사에 의심이 많은 데다 과할 정도로 자기주장이 세다. 남들이 내게 뭐라 조언하면 참고하면서도 속으로는 언제나 '그건 그 사람들 생각이고.'라고 생각하며 습관적으로 선을 긋곤 한다. 그런 내가 무려 30년이 넘는 세월 동안 가스라이팅을 당하고 있었다니.

나는 스스로를 돌아보았다. 내가 왜, 어떤 원리로 가스라이팅의 덫에 걸려들었고 어째서 오랫동안 눈치채지 못했는지 알고 싶었다. 그렇게 한동안 나의 과거, 성장기에 겪었던 일들, 아빠와의 관계, 나의 성향 등을 전부 돌아보며 자신을 탐구한 결과 납득할 만한 이유를 찾아낼 수 있었다.

가장 결정적인 이유는 나를 가스라이팅한 사람이 내 가족이었다는 것이다. 아빠는 내가 사랑하는, 그리고 나를 세상에서 가장 사랑할 것이라 믿어 의심치 않는 유일한 대상이었다. 그래서 나는 아빠를 단 한 번도 타인과 같은 기준으로 대한 적이 없었다. 아빠가 하는 모든 말은 나의 경계망에 걸리지 않고 그대로 스며들어왔다.

게다가 아빠에게는 내 안의 콤플렉스를 자극하는 면이 있었다. 모범생 같은 삶을 살았던 나는 나와 정반대로 살아온 아빠의 거친 삶을 동경했다. 아무리 사업에 실패해도 계속 재도전해서 결국 자신의 방식으로 성공한 아빠는 나의 신이었고, 내 인생의 구원자였다. 비록 아빠가 내게 훌륭한 부모는 아니었을지라도 이런 면에서는 아직 존경하고 있다.

아빠의 삶의 궤적은 마치 롤러코스터처럼 화려했다. 그걸 볼 때면 나는 은근히 주눅이 들었다. 내게는 감히 아빠처럼 모험적인 삶을 살아갈 용기가 없었다. 그래서 나는 마음속으로 아빠를 더 흠모하고 떠받들었다.

나를 약자로 만들었던 것은 그렇게 '훌륭한 사람'인 아빠에게 인정받고 싶었던 내 마음이었다. 나는 내 아빠이기 전에 나의 영웅인 아빠에게 잘 보이고 싶었다. 그러나 아빠는 그런 나를 칭찬하기는커녕 언제나 못마땅한 듯 나무라기만 했다. 아빠가 '너는 그렇게 겁이 많아서 어떡하냐?'라고 핀잔을 줄 때면 나는 정말 내가 초라한 겁쟁이인 것 같았다. 그래서 나는 아빠의 칭찬에 항상 안달이 나 있었다. 나르시시스트의 인정을 갈구하다니. 그야말로 가스라이팅 당하기 딱 좋았던 상태가 아닐 수 없다.

이제는 안다. 내가 아빠의 인정을 갈구하면 할수록 아빠는 절대로 나를 인정해 주지 않았을 거라는 것을.

그러나 이것이 내가 가스라이팅을 당했던 이유 전부를 말해 주지는 못한다. 좀 더 쉽게 설명되지 않는 뭔가가 있다. 나는 오랜 생각 끝에 마침내 그 이유를 도출해 낼 수 있었다.

내가 가스라이팅을 당한 가장 근본적인 이유는 내가 나를 너무 믿어서였다. 어처구니없게 느껴질 수 있다. 흔히들 가스라이팅의 피해자들을 보면서 '저 사람은 평소에 주관이 없었나 보다. 자기 의견이 없으니까 남의 말에 휘둘리고 조종당하지.'라고 생각하는 경우가 많은데, 사실은 그렇지 않은 사례도 많다. 내가 바로 그 증거다.

나는 8살 무렵부터 내 보호자의 역할을 스스로 겸해야 했다. 그

때부터 내게 좋은 일, 내가 해야 할 일을 누구의 도움 없이 혼자서 결정하고 행동해 왔고 그 결정은 대부분 틀린 적이 없었다. 그래서 나는 내 판단을 몹시 신뢰했고, 일단 판단을 내린 건에 대해서는 웬만해서는 생각을 바꾸려 들지 않았다. 바로 이 강한 자기 확신 때문에 나는 가스라이팅을 당한 것이다.

나는 아빠가 가스라이팅 범벅인 말을 해도 '아빠는 멋진 사람, 그러니까 다 나를 사랑해서 하는 말이야'라고 이미 꽝꽝 도장을 찍어 둔 내 확신을 믿었다. 그래서 기분이 나빠도 오히려 기분 나빠하면 안 된다고 생각했다. 내가 존경하는 아빠의 표현에 의하면 나는 미숙하고 예민하고 속이 좁은 미물이니까. 사랑의 매 같은 아빠의 말을 넓은 마음으로 받아들이지 못하는 내가 문제였다.

내가 당한 가스라이팅의 최대 조력자가 나라니. 그 오랜 세월 동안 앞장서서 내 눈을 가리고 귀를 막으면서 자신을 속여 왔던 게 바로 나였다니. 머리가 멍해지는 반전이 아닐 수가 없다.

나처럼 이렇게 자기 확신이 강하고 자신만만한 사람이 오히려 가스라이팅에 더 취약할 수도 있다. 내가 실패했다는 걸, 혹은 피해자라는 걸 절대 인정하고 싶지 않은 '머리'와 고집이 상황을 최악으로 몰고 가기 때문이다. 그렇게 머리로 내린 자기 확신은 내 몸과 생존 본능이 스트레스를 받으면서 발생하는 증상들을 다 무시하게 만든다. 불면증, 소화 불량, 거북한 마음 등을 말이다.

무시해서는 안 됐다. 그 신호들을 따라야 했다. 그것들은 사실상 내 몸과 직관이 나를 구하기 살려 달라고 외치는 비명이었으니까.

이 사실을 처음 깨달았을 때 자괴감과 현타가 몰려왔다. 그러나 지금은 그나마 마음이 좀 편해졌다. 그래도 앞으로 남은 삶을 생각하면, 더 늦기 전에 사실을 깨닫게 된 것이 차라리 다행일지도 모른다. 적어도 앞으로 살면서 또 나르시시스트를 만나게 됐을 때 가스라이팅에 말려들지 않도록 내 자아를 미리 단속할 순 있지 않을까?

싸움이 싫어서

나는 어릴 때부터 이상할 정도로 승부욕이 없었다. 뭔가를 두고 누군가와 싸움이 붙을 것 같으면 '그냥 너 다 해.'라며 선뜻 먼저 양보하곤 했다. 어른이 된 뒤에도 이런 성향은 크게 변하지 않아서, 친구 관계에서든 연인 관계에서든 상대에게 양보하고 맞춰주는 게 익숙했다. 누군가와 싸워서 관계가 불편해지는 것보다는 내가 그냥 참고 잊고 넘어가는 편이 훨씬 낫다고 생각했다.

하지만 사실은 그렇지 않다. 한번 양보해서 싸움을 피하면 일시적으로는 편할지 모르지만 결국에는 더 피곤한 상황으로 돌아올 때도 있었다. 오히려 내 그런 점이 문제가 되어 다툼의 원인이 되기도 했고, 나 또한 누군가와의 갈등을 제대로 해소하지 못해 속으로만 쌓아두다 상대와 서서히 인연이 멀어지기도 했다.

그래도 나는 웬만해선 싸우고 싶지 않았다. 누군가와 얼굴을 붉히며 내 주장을 펼치는 것보다는 그냥 싸우기도 전에 상대에게 미리 져 주는 게 마음이 불편해도 훨씬 편했다. 특히 상대와 계속 인연을 유지하고 싶은 경우에는 더더욱. 그래서 나는 누군가와 도저히 싸울 수 없었다. 상대를 평생 안 볼 마음을 먹지 않는 이상은 말이다.

그래서 나는 아빠가 나를 함부로 대하는 말을 해도 대들거나 맞서서 싸운 적이 거의 없었다.

아빠가 내 가족이었기 때문이다. 감히 인연을 끊을 생각도 할 수 없고, 가족이라는 이유로 평생 얼굴을 보고 엮인 채 살아가야 하는 사람. 그 굴레가 나를 일찌감치 체념하게 만들었던 것 같다.

내가 아빠에게 마침내 '그건 아니지!'라고 화를 낼 수 있었던 것은 아빠가 나르시시스트라는 사실을 깨닫고 나서 앞으로 다시는 아빠를 보지 않아도 괜찮겠다는 확신이 들었을 때였다.

아빠와 멀어지고 난 뒤에 그런 생각이 들었다. 싸움을 극도로 회피하려는 내 성향이 오히려 아빠의 가스라이팅을 더욱 악화시켰던 것이 아닐까? 아빠가 시비를 걸면 나는 언제나 미리 질 준비를 하고 납작 엎드리기부터 했으니까.

그래서 한동안은 아빠와의 갈등 상황이 잔상처럼 떠오르면 자꾸 자책하게 됐다.

'그때 참지 말고 그렇게 되받아쳤어야 하는데.'

그렇게 이불킥만 하면서 토해내지 못한 말을 속으로 잘근잘근 곱씹곤 했다. 그러나 지금 다시 그때로 돌아간다 해도 나는 아빠에게 싸움을 걸지 못할 것 같다. 현실은 '사이다'와는 거리가 머니까.

나는 의미 없는 이불킥 대신 나의 회피 성향을 깊이 파고들기 시작했다. 언젠가 아빠가 아닌 다른 누군가에게 또 휘둘리고 싶지는 않았으니까.

'그런데 나는 왜 이렇게까지 싸움을 기피하는 걸까?'

고민하다 보니 문득 생각이 어린 시절에 미쳤다. 우리 가족이 다 함께 살았던 일곱 살 이전의 기억은 희미하지만, 몇몇 기억은 선명하게 남아 있다. 주로 전부 엄마와 아빠가 싸우던 기억이다. 한밤중에 소리 지르고, 울고, 냄비와 가재도구가 공중을 가로질러 서로에게 날아가던. 공기 중에 온통 팽팽한 긴장감만이 가득했던 그 살벌한 분위기가 지금도 생생하다. 두 사람이 사이가 좋았던 순간은 전혀 기억나지 않는다. 그러자 어쩌면 이게 원인일지도 모르겠다는 생각이 들었다가, 이내 그게 정답이라는 생각이 들었다.

 허탈했다. 어린 시절 아빠로부터 인셉션 당한 '싸움이 지긋지긋하다'라는 생각 때문에 나는 커서도 아빠에게도, 나를 부당하게 대하는 타인에게도 한 마디도 제대로 대들 수 없는 사람이 되어 버린 것이다.

아빠의 시간은 거꾸로 간다

아빠는 나의 신이었다. 온갖 고난과 시련을 이겨내고 자수성가한 성공 신화의 주인공이었으니까. 한 가지 이상한 점은 그런 위대한 존재인 아빠가 결국엔 항상 혼자가 된다는 것이었다.

사업이든 뭐든 뭔가 새로운 것을 시작할 땐 아빠 주위에 사람들이 바글거렸다. 그러나 막상 일이 시작되고 몇 년이 지나고 나면 아빠의 곁에 끝까지 남는 사람은 별로 없었다.

아빠는 내게 했던 것처럼 다른 이들을 붙잡고 설교하는 것을 좋아했다. 그렇게 몇 달 혹은 몇 년이 지나고 보면 아빠 곁에 붙어 있던 사람들은 어느덧 하나둘씩 사라진 뒤였다.

아빠는 그 원인을 다른 사람의 탓으로 돌렸다. 애초에 세상에는 자기 기준을 충족하는 사람이 별로 없다는 것이다. 본인처럼 생각하고 큰 그림을 그리며 대범한 결정을 내릴 수 있는 그릇이 큰 사람이 별로 없단다. 다들 생각의 스케일이 너무 작아서 아빠처럼 크게 성공하지 못하는 거라고 했다. 아빠는 그렇게 주변의 모든 사람으로부터 흠을 잡았다. 나중에 아빠와 함께 일을 해보고 나서야 나는 그 현상의 원인을 깨달았다.

아빠는 나르시시스트였고, 모든 일이 자기 위주로 돌아가야만 직성이 풀리는 사람이었다. 게다가 독불장군이었다. '내 말이 전부

다 맞다.'라는 아빠의 생각은 그 누구도 절대로 무너뜨릴 수 없는 신념에 가까웠다. 상대가 혹시라도 다른 의견을 내비치려 하면 또 예의 그 설교가 시작됐다. 상대가 듣다 듣다 지쳐 포기할 때까지 말이다.

인간관계는 상호 소통으로 이루어진다. 아빠처럼 일방적으로 한 쪽에서 퍼붓기만 하는 방식의 소통 방식은 관계를 건강하게 유지 하기 어렵게 만든다. 그 결과 사람들은 아빠를 견디지 못하고 떠난 것이다.

아빠는 자신에게 지쳐 떠나는 사람들을 보고 그들의 그릇이 작아 서 그렇다며 혀를 찼다. '큰 사람'인 자신을 이해하기엔 그들이 너 무 소인배라 말이 통하지 않았다는 것이다. 그런 아빠를 보면 '천 상천하 유아독존'이라는 말이 떠오르지 않을 수 없었다.

프랑스의 심리치료 전문가 크리스텔 프티콜랭은 나르시시스트 의 정신연령이 아무리 높아 봤자 12세 정도라고 말했다. 나르시 스트들은 자기중심적인 사고방식이 내면화된 데다, 정신적으로 성 숙하지 못했기 때문에 정신연령이 어린아이 수준에 머물러 있다는 것이다. 사실 이 정신연령에 대해서는 학자별로 여러 의견이 있는 데, 심리 치료사 샌디 호치키스는 나르시시스트들의 정신연령이 만 1세~2세 사이에 고착되어 있다고 주장하기도 했다.

여기서 핵심은 나르시시스트들은 나이가 몇 살이든 정신적으로 는 아직 어린아이 시절의 자기중심적 단계에 머물러 있다는 것이 다. 나르시시스트인 아빠는 겉모습만 늙은 어린아이였다. 그런 아 빠가 한때나마 성공할 수 있었던 이유는 그렇게 무조건 자기 말이 옳다고 우기는 태도가 아직 아빠에 대해 잘 모르는 누군가에게는 자신감으로 비쳤기 때문인 것 같다. 가장 큰 원인은 역시 운이 좋 아서였던 것 같고.

그러니까 아빠는 애초에 '어른'들과 성숙하고 장기적인 관계를 맺을 수 없는 사람이었다. 그것을 깨닫고 나니 여태껏 이상하게 느껴왔던 아빠의 많은 부분이 설명되는 듯했다.

아빠는 매번 사람들에게 설교를 늘어놓을 때마다 그들이 아빠의 말을 진심으로 존경하고 경청하며 감동했을 거라고 믿었다. 사실 그들은 아빠의 말을 들으며 그저 피곤했을 것이다. 그 장단에 언제까지 계속해서 맞춰줄 수 없었을 거고. 그래서 그들은 아빠를 떠난 것이다.

나의 부모가 고작 여섯 살짜리 아이의 자기중심적인 태도에서 벗어나지 못한 채 평생을 살아왔다는 것을 깨닫고 나면 눈앞이 깜깜해진다. 나보다 훨씬 늙어버린 아빠는 죽을 때까지 나보다 아이일 것이다. 평생 모든 것이 제 뜻대로 되길 바라고, 그렇게 되지 않으면 화를 내고 떼를 쓰는 미운 여섯 살일 것이다. 그 사실을 떠올리면 어쩐지 막막해진다. 그래서일까? 나는 아이를 낳고 싶은 마음이 들지 않는다.

사랑할 능력이 없는 사람

예전부터 나는 이별의 고통에 유독 취약했다. 매번 연인과 헤어짐을 경험할 때마다 극도의 절망에 빠져 나 자신을 거의 놓아버리곤 했다.

그래도 항상 그 고통을 딛고 다시 일어날 수 있었던 것은 나를 곁에서 지켜봐 준 사람들 덕분이었다. 그들은 나에게 선뜻 어깨를 내어주며 위로의 말을 건넸다.

"너를 사랑하지 않는 사람 때문에 아파하지 마. 너를 사랑하는 사람들이 아파지잖아."

그 말을 듣자 정신이 번쩍 들었다. 내가 잃은 것은 연인 한 사람의 사랑이었다. 그러나 그전부터 내 곁을 든든하게 지켜주던 모든 사람의 걱정과 관심 또한 나를 향한 커다란 사랑이었다. 나는 단한 사람의 사랑을 잃은 상심 때문에 여러 사람의 더 큰 사랑을 눈치채지 못하고 있었던 것이다. 이 깨달음은 내가 누군가와의 관계에서 힘든 일을 겪을 때마다 붙잡고 버틸 수 있는 구명줄이 되어주었다.

아빠와의 관계에서도 마찬가지였다. 아빠가 나를 제 뜻대로 휘두르기 위해 나를 깎아내리고 후려칠 때마다 나는 큰 상처를 받았다. 아무리 마음의 가드를 단단히 올려도 아예 상처를 입지 않을 수는 없었다. 그러다 아빠가 나르시시스트라는 것을 알게 되자 모든 것이 명확해졌다.

'아빠는 나를 사랑할 능력이 없는 사람이다. 그런 사람으로 인해 아파할 이유가 없다.'

나르시시스트들은 자존감이 낮고 정서적 발달이 미숙한 수준에 머무르기 때문에 타인과 성숙한 형태의 감정 교류를 할 수 없다. 즉, 그들은 타인을 진심으로 사랑하지 못한다.

나를 사랑하지 못하는 사람에게 나를 사랑해 주기를 갈구하는 것은 어리석은 일이다. 그 어리석음이 나를 힘들게 했다. 그렇게 내가 원했던 것이 사실은 불가능한 일이었다는 사실을 인정하자 마음이 놀라울 정도로 편안해졌다. 그 뒤로는 아빠가 하는 어떤 말에도 상처받지 않았다.

해리포터 영화 시리즈의 마지막 편 《해리포터와 죽음의 성물 2부》에서 덤블도어 교수는 해리에게 이렇게 말한다.

"Do not pity the dead harry. Pity the living, and, above all those who live without love."

(죽은 자를 동정하지 말아라, 해리. 산 사람, 그중에서도 사랑 없이 살아가는 이들을 동정하렴).

나르시시스트들은 사랑 없이 살아가는 이들이다. 자기 자신을 사랑하지 못하기 때문에 타인을 사랑할 마음의 여유가 없는 사람들이다. 그들은 남들의 시선에 연연하고 평가에 의존하며 살아가기에 날마다 빈약한 자아를 숨기려고 애쓰기에 급급하다. 이제는 그런 모습을 보면 조금 안쓰럽다. 덤블도어 교수가 말한 '동정'의 형태가 이런 것일까?

내 뒷담화 팟캐스트

어느 날 갑자기 아빠에게서 메시지가 왔다. 카톡을 열어보니 무려 한 시간짜리 음성 파일이 첨부되어 있었다. 이런 메시지와 함께.

[오늘 친구와 한 대화를 녹음해서 보낸다. 아빠의 입장과 솔직한 심정이 담겨 있으니 한번 들어봐라.]

이건 또 무슨 듣도 보도 못한 참신한 전략이란 말인가. 이 파일의 재생 시간은 아빠와 아빠의 친구가 한 시간 동안이나 나에 대해 이야기했다는 걸 의미했다. 내가 없는 자리에서 말이다. 세상 사람들은 보통 이런 걸 '뒷담화'라고 부른다.

'괜히 들었다가 기분만 망치는 거 아냐?'

망설임은 호기심을 이길 수 없었다. 때마침 집으로 돌아가는 지하철 안에서 심심풀이로 즐길 만한 콘텐츠가 필요하기도 했다. 나는 이어폰을 꽂고 아빠가 녹음해 보낸 내 뒷담화 팟캐스트를 틀었다. 예상대로 무편집 본이었다. 한동안 뭐 굳이 들을 것도 없는 내용들이 이어졌다.

- 걔는 애가 너무 차가워. 지만 알고…….

- 애가 어쩜 그렇게 소심하고 부정적일까?

- 내가 걔를 좀 다그치긴 했지. 그런데 다 걔를 위해서 그런 거야. 소탐대실할까 봐. 내가 제일 싫어하는 게 소탐대실이거든.

- 내가 이렇게 열심히 살아봤자 다 헛수고지 뭐. 걘 정작 알아주지도 않는데.

들고 있자니 피식피식 웃음이 나왔다. 내 귀에 고작 이런 뒷담화나 쑤셔 넣으려고 그 긴 시간 동안 친구와의 대화를 녹음하고, 굳이 파일을 추출해서 내게 보냈을 아빠의 모습이 눈앞에 생생했다.

아빠는 상황이 이 지경이 되어서도 내게 어떤 형태로든 가스라이팅의 말들을 투척하고 싶었던 모양이다. 그런데 더 이상 내 얼굴을 보고는 말을 할 수 없으니, 아쉬운 대로 이런 변화구를 던져본 것이다.

문득 궁금해졌다. 아빠는 내게 내 뒷담화를 보내면서 대체 어떤 반응을 기대했던 걸까? 그게 뭔지는 몰라도 웃음만큼은 아니었음이 분명하다. 그래서 나는 더 웃었다.

무엇보다 가장 웃긴 점은 아빠에게 스마트폰의 녹음 기능과 파일 공유 방법을 알려준 사람이 바로 나라는 것이다. 이 모든 상황이 마치 고도로 설계된 블랙 코미디의 한 장면처럼 느껴지지 않나?

오은영 말고 강형욱

　나르시시스트들에게 대처하는 방법은 여러 가지다. 그중 가장 기본적이고 기초적인 방법은 '대화를 시도하지 않는 것'이다.

　이게 막상 해보려면 참 쉽지 않다. 나르시시스트가 말도 안 되는 말로 나를 후려치는 걸 듣고 있다 보면 '이건 아닌데' 하고 울컥 반발하고 싶어진다. 그래서 항변하려고 한, 두 마디 말을 섞다 보면 본의 아니게 내 감정을 드러내게 된다. 그러면 나르시시스트들은 그 안에서 상대의 약점을 파악하고 또 다른 가스라이팅의 단서로 삼는다.

　그래서 피해자들은 나르시시스트들 앞에서 '회색 돌(Grey Rock)' 기법이라는 방법을 사용하기도 한다. 나르시시스트들의 도발 앞에서 마치 회색 돌이 된 것처럼 무반응으로 일관하는 것이다. 실제로 주머니 속에 회색 돌을 넣고 만지작거리면서 이렇게 마인드 콘트롤을 하기도 한다.

　'나는 회색 돌이다, 아무 감정도 생각도 없다……..'

　해 본 사람들은 알겠지만, 이렇게까지 애를 써 봐도 참 쉽지 않다. 일단 한번 상대가 나르시시스트라는 것을 깨닫게 되면 가장 먼저 그의 빈약한 자아가 눈에 들어온다. 그러면서 상대가 나를 깎아내리며 하는 모든 말이 '억까'로 들리기 시작한다. 멀쩡한 사람이라면 그들의 억지에 조목조목 반박해서 논리적으로 조져놓고 싶은 욕구가 들게 마련이다. 저런 어처구니없는 말에 가스라이팅을 당해왔던 세월이 길면 길수록 더더욱.

그래서 마음속으로 아무리 회색 돌이니 무념무상이니 뭐니 되뇌어도 신체적 반응까지는 어떻게 할 수가 없다. 열받아서 콧잔등이 움찔거리고 미간이 찌푸려지고 주먹을 꾹 쥐고 부들거리거나 얼굴이 붉어지는 것까지는 어쩔 수 없는 것이다.

그런데 이런 비언어적 반응도 내 반응에 굶주린 나르시시스트에게는 아주 좋은 먹이가 된다. 그들은 상대의 작은 변화 하나, 분위기, 뉘앙스까지 전부 놓치지 않기 때문이다.

그래서 나는 회색 돌 기법 대신 나만의 대처법을 개발했다. 바로 강형욱 기법이다.

나르시시스트들은 정신적으로 미성숙한 사람들이다. 그들의 정신은 어린 유아기의 상태를 벗어난 적이 없다. 나이가 들며 겉모습은 늙어가더라도 속에는 여전히 어린아이가 들어앉아 있는 셈이다.

한번 이 사실을 깨닫고 나면 상대가 어떤 짓을 해도 그다지 위협적으로 느껴지지 않는다. 그래서 나는 나중에 아빠가 내게 아무리 인상을 쓰고 윽박지르고 협박해도 별로 무섭지 않았다. 그런 아빠의 모습이 전혀 성숙한 어른처럼 보이지 않고, 그저 늙은이의 껍질을 뒤집어쓴 어린아이가 말도 안 되는 억지를 부리며 떼를 쓰는 것처럼 보였기 때문이다.

"봐, 내 말이 틀려? 내 말이 맞지?"

아빠가 그렇게 우길 때마다 나는 이렇게 생각했다.

'그래. 세상에 다섯 살짜리 아이하고 진지한 대화를 하려는 사람이 어디에 있겠어.'

그렇다. 만약 내가 다섯 살짜리 아이와 서로 진지하게 입씨름하고 있으면 사람들이 나를 어떻게 생각하겠나? 애초에 다섯 살짜리 아이에게는 나의 진지한 감정, 인생에 대한 가치관이나 고민을 공유할 필요가 없다. 어차피 말해봤자 이해를 못 할 테니까.

'아빠는 다섯 살.'

그렇게 생각하자 마음의 평화가 찾아왔다. 아무리 회색 돌을 만지작거리며 온갖 애를 써도 안됐던 것이 순식간에 해결된 것이다.

나는 여기서 한발 더 나아갔다. 아빠를 '개'처럼 생각하기로 결심한 것이다. 말이 조금 그렇게 들릴 수는 있는데 진짜다.

가스라이팅을 당한 피해자에게 정신과 전문의든 상담 심리 전문가든 유튜버든 그 누구도 예외 없이 권하는 대처 방안이 바로 '나르시시스트와의 관계 단절 혹은 거리 두기'다. 그런데 나처럼 나르시시스트가 가족이라서 관계를 아예 단절하는 것이 불가능할 때는 대신 '정신적 거리 두기'를 시도한다.

이때 중요한 것이 경계 설정이다. 나르시시스트가 나의 정신적인 영역을 함부로 침범할 수 없도록 스스로 바운더리를 명확히 설정한 뒤 상대에게 인식시키는 것이다.

그러기 위해서는 나르시시스트의 어떤 도발에도 반응하지 않아야 한다. 눈앞에서 나르시시스트가 아무리 화를 내고 소리를 지르고 눈물의 똥꼬 쇼를 하더라도 전혀 흔들림 없이 꼿꼿하게 서서 '나는 당신이 함부로 할 만한 사람이 아니다.'라는 인식을 심어줘야 한다. 마치 서열 동물인 개 앞에서 내 서열이 더 위임 확실히 각인시키듯이.

한번 생각해 보라. 나르시시스트 부모를 다섯 살짜리 아이라고 생각해도 진지한 대화를 할 맘이 들지 않는데, 강아지라고 생각하면 더더욱 불가능하지 않을까(물론 어떤 강아지는 사람보다 더 나을 수도 있다는 점은 논외로 치더라도)?

이렇게 대화의 가능성을 아예 차단하고 나서야 나는 비로소 아빠의 가스라이팅에 제대로 대응할 수 있었다.

낳아준 부모를 개처럼 다뤄야 한다는 것은 슬픈 일이다. 그러나 그 정도로 모진 마음을 먹지 않는다면 나르시시스트의 자녀는 스스로를 지킬 수가 없다. 금쪽이 같은 부모에게서 자기 자신을 지키려면 오은영도 아니고 강형욱이 될 각오를 해야 한다. 서글프지만 이게 바로 이런 부모와 함께 공존할 수 있는 유일한 방법이다. 아무리 거리를 둔다 한들 현실적으로 천륜을 끊을 수는 없으니까.

만약 지금 이 글을 읽고 있는 당신이 나르시시스트 가족으로 인해 고통받고 있다면, 그런데 회색 돌 기법도 마음먹은 대로 잘 안 된다면 이 방법을 대신 시도해 보길 추천한다.

남들의 시선이
그렇게 신경 쓰이나요

아빠는 평소 이상할 정도로 남들의 평가에 민감했다.

"내가 그러면 남들이 나를 어떻게 생각하겠어?"

아빠는 어떤 결정을 내릴 때 꼭 저렇게 말하곤 했다. 그때마다 나는 아빠가 남들의 시선을 그렇게까지 신경 쓰는 게 신기했다.

그래서일까? 아빠에게는 허영심이 있었다. 생활이 약간 빠듯하더라도 차는 꼭 벤츠로 몰아야 하는 식이었다. 가끔 돈이 필요해지면 아빠는 평소 곁에 붙어 있던 그 수많은 '회장님'이나 '사장님'들이 아니라 굳이 내 이름으로 대출을 받았다. 이런 핑계를 대면서.

"그 사람들한테 돈 필요하다고 말하는 건 모양 빠지잖아."

딸인 내 앞에서는 모양이 좀 빠져도 된다는 걸까?

이제는 안다. 나르시시스트들은 정신적으로 미숙하고 자아가 빈약한 존재다. 그들은 낮은 자존감을 충족하기 위해 절박하게 타인의 선망을 원한다. 그래서 아빠도 타인의 평가에 몹시 집착했던 것이다.

나르시시스트들에게는 남에게 보이는 껍데기가 자신의 전부이다. 그들은 평판에 목숨을 건다. 자신의 이미지에 아주 작은 손상만 가해져도 그 즉시 제 목숨을 위협받은 것처럼 부들거린다. 나는 그 사실을 잘 알면서도 이 책을 쓰고 있다. 나중에 혹시라도 이 책을 보고 상처를 입게 될 아빠의 연약한 자아가 안타깝긴 하지만, 그것이 내가 여기서 멈춰야 할 이유는 될 수 없다.

고난을 겪은 뒤 알게 된

나의 눈물 버튼

사람은 누구나 자기만의 눈물 버튼을 가지고 있다. 누군가는 타인에게 공감하거나 감정을 이입할 때 눈물이 난다. 누군가는 자기 연민을 느낄 때 눈물을 흘린다. 화가 날 때 눈물이 솟는 사람도 있다.

나는 주로 분노할 때 우는 스타일이었다. 슬퍼서 울기보다는 뭔가 억울하고 답답하다고 느꼈을 때 울컥하고 눈물이 터지는 경우가 많았다.

그래서 아빠와의 갈등이 본격적으로 불거진 시점부터 나는 자주 울었다. 아빠는 카페에서 나를 앉혀놓고 몇 시간씩 설교를 늘어놓았다. 아빠가 하는 말을 들어보면 우리 사이에 생긴 모든 문제의 책임은 전부 나에게 있었다. 전부 다 내가 모자라서, 그릇이 작아서, 까칠해서……. 그렇게 계속해서 말로 두들겨 맞다 보면 답답하고 억울한 감정이 가슴에서 부글부글 끓다가 끝내 왈칵하고 눈물이 터져 나왔다. 그러면 아빠는 표정이 더 안 좋아졌다.

"왜 우는 거야? 울지 말고 뭐가 그렇게 억울한 건지 말을 해봐!"

그땐 아빠가 그렇게 화내는 게 이해가 안 됐다. 지금은 그 이유를 안다. 아빠는 내 눈물을 보고 나르시시스트로서 본능적으로 거부감을 보인 것이다. 내가 눈물을 흘려서 상황의 주도권을 잡고 자신에게 영향력을 행사하려고 한다고 느꼈을 테니까.

아빠가 나르시시스트라는 것을 깨달은 뒤부터 나는 아빠 앞에서 눈물을 흘리지 않았다. 아빠가 아무리 심한 말을 하고 목소리를 높여도 별로 억울한 마음이 들지 않았다. 애초에 아빠에게 뭘 이해받고 싶은 마음이 없으니 답답해서 미칠 것 같지도 않았다. 아빠 말에 휘둘려 소모되는 내 감정과 눈물을 흘리는 에너지조차 낭비 같았다. 좋게 말하면 각성한 거고, 나쁘게 말하면 현타가 온 것이다.

이후 나는 모든 일에 이전보다 한결 무던해졌다. 아빠가 무슨 말을 해도 화가 나지 않았고 눈물도 안 났다. 가끔 혼자 있다 보면 열받아서 잠이 안 올 때는 있었지만 그래도 눈물을 흘리는 일은 없었다. 운다고 뭐가 달라지는 것도 아니니까.

한동안 그렇게 거의 해탈한 사람처럼 지냈다. 편했지만 불편한 점도 있었다. 당시 나는 웹소설을 연재 중이었다. 마침 집필하던 부분이 클라이맥스 파트라 주인공들의 감정이 한창 널뛰고 있었는데, 정작 그런 글을 쓰는 나의 마음은 한없이 고요하기만 했다. 작가로서 어떻게든 주인공들의 극적인 감정에 이입해 보려고 했지만 그때마다 번번이 실패했다. 그들의 분노도 슬픔도 아픔도 내 것처럼 온전히 느끼기가 어려웠다. 누가 내 감정의 분출구에 방어막을 덮어씌운 것 같았다.

갑자기 두려워졌다. 이것이 일시적인 현상인지, 아니면 아빠와의 일로 인해 내 감정이 싹 다 메말라 버린 것인지 알 수 없었기 때문이다.

그러던 어느 날 언니로부터 전화가 걸려 왔다.

"인하야, 잘 지냈어?"

언니는 인사말을 내뱉은 뒤 한동안 뒷말을 잇지 못했다. 나는 언니가 왜 머뭇거리는지 알 것 같았다.

전날 밤에 나는 언니에게 아빠에게서 받은 협박 문자를 전달했었다. 사실 그때는 문자를 받은 지 이미 며칠이 지났을 때여서 놀란 마음도 다 사라지고 그저 웃긴다는 생각만 할 때였다. 그래서 보고 웃으라고 'ㅋㅋㅋ'까지 붙여서 보내준 건데, 그래도 언니에게는 그게 상당히 충격적이었던 모양이다.

잠시의 침묵 뒤 다시 입을 연 언니의 목소리는 그사이에 조금 낮게 잠겨 있었다.

"미안, 감기 때문에……."

언니가 감기에 걸렸던 건 일주일도 더 전이었다. 내게 전화를 걸었을 때쯤이면 이미 증상이 전부 사라지고도 남았을 타이밍이었다. 그렇지만 나는 굳이 T스럽게 그 사실을 입에 담지는 않았다.

금방이라도 터질 듯이 몽글몽글한 어떤 감정에 코끝이 절로 찡해졌다. 눈앞이 뜨겁게 흐려졌다. 나는 오랜만에 갑자기 찾아드는 울음 충동을 가라앉히려 안간힘을 써야 했다. 수화기 너머의 언니도 아마 나와 똑같은 표정을 짓고 있었을 것이다.

이후로도 종종 이런 순간들이 찾아왔다. 나의 상황을 알게 된 친척들이 찾아와서 밥을 사주고, 이야기를 들어줄 때. 말없이 가만히 나를 바라보며 등을 쓸어줄 때. 친구들과 웃으며 이야기하다가도 문득 튀어나온 아빠 얘기에 잠시 정적이 찾아올 때.

"야, 네가 왜 그러고 살아."

그렇게 말하며 친구가 부러 장난스럽게 내 등짝을 칠 때. 그렇게 무거워지려는 분위기를 걷어내며 함께 웃을 때. 그때마다 나는 코끝이 찡해졌다.

내게 일어난 일은 나를 울게 할 수 없었다. 그건 내게 더 이상 어떤 분노도 일으키지 못하니까. 그런데 나를 걱정하는 사람들의 마음은 나를 울고 싶게 만들었다. 나는 이제 내가 마음 아프지 않은데, 그들은 그런 나를 보고 아파하니까.

이런 고난에 처하고 나서야 깨달았다. 나의 눈물 버튼은 바로 나를 아끼는 사람들의 눈물이라는 것을.

아동 학대만 학대인가요?

'부모가 자식을 학대한다.'라는 말을 들으면 사람들은 대부분 어린 아동을 떠올린다. 하지만 부모에게 학대당하는 성인 자녀들도 많다.

나르시시스트 부모들은 정서적, 금전적으로 자녀를 착취한다. 그들은 자녀를 더욱 효과적으로 착취하기 위해 다양한 방식의 가스라이팅 기법을 활용한다. 자녀들끼리 비교하고 한 명을 노골적으로 차별 대우해서 나머지 자녀들의 자존감을 낮춘다든지, 자녀의 죄책감을 유발해 경제적 원조를 유발하는 식이다. 정반대로 자녀를 제 뜻대로 조종하기 위해 멀쩡히 다니던 회사를 그만두게 하고 경제적으로 무능한 상태에 빠트리는 케이스도 있다.

부모가 나르시시스트라는 사실을 모르는 자녀는 이런 상황에서 이를 악물고 버틴다. '효도' 프레임 때문이다. 대한민국의 모든 자녀는 부모에게 평생을 다 바쳐도 갚지 못할 어마어마한 빚을 지고 태어난다. 부모는 나를 낳아주시고, 길러 주신 존재이기 때문에 무조건 감사하며 살아가야 한다는 사상을 주입 당한다.

나는 이 말에 동의할 수 없다.

故 마광수 교수의 시 중에 <효도에>라는 시가 있다. 그 시는 이런 구절로 시작한다.

'어머니, 전 효도라는 말이 싫어요.

제가 태어나고 싶어서 나왔나요?'

누군가에게는 이 구절이 상당히 충격적일 수도 있을 것 같다. 하지만 냉정히 따져보면 이 구절에는 틀린 말이 하나도 없다. 애초에 태어나는 순간 자식에게는 제 생사를 선택할 권리가 없다. 자녀들은 그저 낳음을 당하는 것뿐이다. 태어나고 보니 누군가가 나의 엄마고, 아빠인 거고. 가족이란 이렇게 불가항력적이고 알 수 없는 인연으로 만나서 함께 살게 된 공동체이다. 이렇게 심플해질 수도 있는 부모-자식 관계에 '효도'라는 프레임을 얹으니, 모든 것이 쓸데없이 비장해지고 무거워지는 것이다.

그러나 그 어떤 이데올로기도 인간을 앞설 수는 없다. '효도'가 그 어떤 가치보다 중요해서, '불효자'라는 낙인이 찍히기 싫다는 이유로 숨 막히는 나르시시스트 부모를 꾸역꾸역 버티면서 살아가야 한다면 그것 또한 일종의 학대가 아닐까?

진정으로 자식을 사랑하는 부모는 자녀에게 뭔가를 바라지 않는다. 나는 그것을 엄마가 된 친구들을 통해 깨달았다. 그녀들은 하나같이 제 자녀에게 크게 바라는 것이 없다고 했다.

"효도는 무슨. 그냥 건강하게만 지내 주면 더 바랄 게 없다."

그들은 자녀의 성향이나 장래에 대해서도 이래라저래라하지 않는다. 하물며 나중에 성공해서 큰돈을 벌어 오라거나 낳아준 은혜를 갚아야 한다는 건 상상도 해본 적이 없단다. 오히려 자신이 부모로서 어떻게 하면 아이에게 더 안정적이고 든든한 환경을 보장해 줄 수 있을까를 고민하면 했지.

이것이 지극히 정상적인 부모의 생각 아닌가? 부모와 자식 간의 관계는 이런 식이여야 산뜻하고 깔끔하다고 생각한다. 마치 故 마광수 교수의 <효도에> 에 나오는 이 시구처럼.

'전 당신에게 빚은 없어요 은혜도 없어요

우리는 서로가 어쩌다 얽혀 들어간 사이일 뿐,

한쪽이 한쪽을 얽은 건 아니니까요.'

부모는 어떤 자식을 낳을지 선택할 수 없고, 자식도 어떤 부모 밑에서 태어날지 고를 수 없다. 그런 상황에서 단지 운명적으로 얽혔다는 이유로 효도라는 의무를 강요하는 것은 폭력이다. 특히 부모가 부모답게 행동하지 않는 경우는 더더욱.

그래서 나는 대한민국 부모들이 다 큰 성인 자녀에게 지나치게 효심을 강요하는 분위기가 마음에 들지 않는다. '다른 집 자식은 이런 걸 해줬는데 너는 내게 뭐 해줄 거냐?'라고 뭔가를 맡겨둔 듯이 군다든가, 제 말에 따르지 않으면 '불효자'라는 프레임을 씌우며 비난하는 모든 행위도 일종의 정서적 학대인 것 같다.

그러나 그런 상황에 부닥친 자녀들은 막상 자기 목소리를 내기가 어렵다. 부모에게 반기를 들면 여기저기서 '그래도 부모인데', '어떻게 자식이 그럴 수 있냐?'라며 억압하기 때문이다. 굉장히 편파적이다. 어쩌면 이런 사회적 분위기도 학대의 공범이 아닐까.

그렇게 부모 대접을

받고 싶었으면

먼저 자식 취급부터

해줘야 하는 거 아닌가?

실패한 프린세스 메이커?

2023년에 출간한 나의 에세이 『내가 무슨 노벨문학상을 탈 것도 아니고』에서 나는 내 현재 모습을 육성 시뮬레이션 게임 <프린세스 메이커>의 배드 엔딩에 비유했다. 아빠는 내가 위대한 사람이 되길 바랐지만, 성인이 된 나는 지극히 평범하니까.

이 책에서 나는 그 말을 정정하려고 한다. 만약 내 인생이 <프린세스 메이커>라면 그 게임의 플레이어는 아빠가 아닌 나라는 걸 깨달았기 때문이다.

여태껏 내 삶에서 중요한 결정을 내리고, 내가 가는 길을 응원하며 나를 지켜보고 내 곁에 있어 줬던 사람은 아빠가 아니라 나였다. 나 스스로 나를 이렇게 잘 키워 놓고서 고작 아빠의 자부심이 되지 못했다는 이유로 내 삶을 '배드 엔딩'으로 규정하면 안 되는 거였다.

나는 지금도 한창 진행 중인 내 인생의 플레이어고, 엔딩은 아직 찾아오지 않았다. 그러니 더는 내 삶을 '실패'라 부르지 않겠다.

어쩌면 나도

나르시시스트에 관해 공부하기 시작한 뒤부터 한동안 이런 생각이 들었다.

'혹시 나도 나르시시스트인 것은 아닐까?'

괴물의 심연을 들여다본 사람은 괴물이 된다고 하지 않나. 솔직히 무서웠다. 아빠는 허구한 날 나에게 '네가 네 엄마를 닮아서 그렇다'라며 가스라이팅을 해댔다. 그런데 자식은 두 사람이 같이 낳는 것이다. 그러니 자식이 둘 중 한 사람만을 닮는 것은 불가능하다. 그렇다면 내게도 분명히 어느 정도는 아빠를 닮은 면이 있을 것이다.

게다가 살다 보면 폭력적인 관계의 피해자가 대상을 바꾼 폭력의 가해자가 되는 일도 많다. 그러니 어쩌면 나도 그동안 아빠가 내게 했던 가스라이팅의 방식을 내면화하고, 다른 누군가를 가스라이팅했을 수도 있겠다는 생각이 들었다.

평소 나는 타인과 관계 맺기에 서툰 편이었다. 상대가 하는 행동이 내 기대에 어긋나면 크게 실망하며 부정적인 뉘앙스를 풍겼다. 상황이 내 뜻대로 흘러가지 않으면 불쾌한 감정을 드러냈다. 그런 식으로 꼭 상대가 내 눈치를 보게 만들었다. 그 과정에서 관계가 나빠지면 상대를 그냥 투명인간처럼 무시해 버렸다. 그런데 이는 사실 나르시시스트들이 상대를 통제하기 위해서 자주 보이는 행동이라고 한다.

나는 이 사실을 깨닫고 큰 충격을 받았다. 내가 대학에서, 직장에서, 대인 관계에서 암암리에 취했던 태도가 나르시시스트적인 행동이었다니. 여태껏 나와 엮였다가 좋지 않은 끝을 맺었던 수많은 이들에게 몹시 미안해졌다. 미성숙한 태도를 보였던 나 자신이 부끄러워 견딜 수가 없었다.

그래도 나는 이 수치심과 충격 덕분에 달라질 결심을 할 수 있었다. 나는 아빠보다는 더 나은 사람이 되고 싶었기 때문이다.

이후 많이 노력했지만, 솔직히 내 안의 나르시시스트적인 기질을 완벽히 통제했다고는 자신할 수 없다. 그러나 나는 적어도 내 안에 그런 성향이 도사리고 있다는 것은 안다. 그것이 어떤 방식으로 주위 사람들에게 상처를 주고 스스로를 고립시키는지도 잘 알고 있다. 그렇기에 나는 좀 더 조심하고 달라지려고 노력할 수 있다. 앞으로도 나는 끊임없이 스스로를 돌아보며 나르시시스트가 되지 않으려 노력할 것이다. 그것만이 나와 아빠를 완전히 다른 존재로 구분 지어줄 유일한 방법이니까.

누가 나를
조종하고 있다고요?

올해 초 갑자기 아빠의 친구로부터 전화가 왔다.

"인하야, 아저씬데. 잘 지내지?"

"네."

아저씨는 어색하게 안부 인사를 몇 마디 건네고는 곧바로 본론에 들어갔다.

"얼마 전에 너희 아빠가 나한테 이상한 소리를 하더라고."

"뭐라 그러던가요?"

최근에 아빠가 아저씨를 붙잡고 또 한참 동안 무슨 얘기를 늘어놓은 모양이었다. 뭐라고 했는지 한번 들어나 보자 싶어서 물어보자, 아저씨가 머뭇거리며 조심스레 말을 전해주었다.

아빠는 아저씨에게 대뜸 내가 갑자기 미쳐서 반항하고 있어서 몹시 골치가 아프다고 했다고 한다. 아빠가 새로 확장하려던 사업에 내가 보탬이 되기는커녕 반발하며 훼방을 놓고 있다고. 이후에는 갑자기 매정하게 연락을 끊어버렸다는 이야기 등등. 대충 내 뒷담화 팟캐스트 재방송이었다. 아니, 돌림 방송인가. 하여튼.

아저씨는 몹시 혼란스러웠다고 했다. 아빠가 가끔 내 험담을 하는 일은 있었어도 이렇게까지 심하게 비난을 퍼부은 적은 없었기 때문이다. 모든 말을 전한 뒤 아저씨가 조심스레 덧붙였다.

"너희 아빠 말이, 누군가가 너를 뒤에서 조종하고 있는 것 같다더라."

"네? 뭐라고요?"

나는 그 말을 듣자마자 참을 수 없어서 깔깔 웃어버리고 말았다.

그래, 아무리 생각해도 이해가 안 갔겠지. 여태까지 내가 아빠의 말에 반항한 적은 몇 번 있었지만 이렇게 대화 자체를 거부할 정도로 강경하게 나간 적은 없었으니까. 그래서 고작 생각해 낸 게 내가 누군가의 지시를 받고 이렇게 행동한다는 건가.

웃긴 한편 씁쓸해졌다. 아빠는 내가 스스로 마음먹고 태도를 바꿨다는 걸 꿈도 못 꾸고 있었다. 대체 여태까지 아빠에게 나는 얼마나 연약하고 만만한 존재였던 걸까?

그래도 웃긴 건 어쩔 수 없어서 나는 한참을 웃었다. 아마 아빠 친구가 듣기에는 조금 무서웠을 수도 있을 것 같다. 끝도 없이 터져 나올 것 같은 웃음을 겨우 가라앉힌 나는 아저씨에게 물었다.

"아저씨. 제가 누구한테 조종당할 만한 사람으로 보이세요? 그렇지 않으면 안 될 정도로 저 혼자 생각할 능력이 없는 사람 같아요?"

아저씨는 당황하며 말없이 전화를 끊었다. 그 후로 다시는 연락이 없었다.

차라리 때렸으면

우리 집은 엄부자모 嚴父慈母가 아니라 자부엄모 慈父嚴母 집안이었다. 엄마는 내게 굉장히 엄했다. 체벌도 자주 해서 나는 종종 종아리가 빨개질 정도로 맞고, 반성문도 쓰고, 무릎 꿇고 손들고 벌도 서고, 한겨울에 발가벗겨진 채 집 밖으로 쫓겨나기도 했다. 요즘 젊은 부모들이야 자녀를 때리지 않고 키운다지만, 나 때는 부모가 자식을 때리는 게 그렇게 막 사회적으로 지탄받을 일은 아니었다. 물론 엄마의 체벌은 당시 기준으로도 좀 가혹한 수준이긴 했다.

나는 엄마에게 맞는 게 너무 싫었다. 맞아서 아프고 괴로운 것도 있었지만, 그런 날은 꼭 아빠와 엄마가 심하게 싸웠기 때문이다.

"애를 왜 때려?"

"잘못했으니까 때리지! 쟤가 얼마나 말썽을 피우는 줄 알아?"

"그래도 저 어린애를 때리면 안 되지! 때릴 데가 어디 있다고?"

두 사람 사이의 의견 충돌이 거세질수록 엄마의 체벌도 더 수위가 높아졌다. 엄마는 가끔 아빠 보란 듯이 아빠의 퇴근 시간에 맞춰서 내게 손 들고 벌서기를 시키기도 했다. 그럴 때면 나는 현관

옆에 무릎을 꿇고 손을 들고 앉은 채 이제나저제나 아빠를 기다렸다. 그러다 마침내 아빠가 현관문을 열고 들어오면 비로소 체벌에서 해방될 수 있었다.

"왜 또 손 들고 있어?"

아빠가 그렇게 말하며 내 팔을 내리면 엄마는 기다렸단 듯이 아빠에게 버럭 화를 냈다.

"당신이 맨날 그렇게 오냐오냐하니까 애가 저렇게 엄마 무서운 줄 모르고 제멋대로 굴지! 당신이 그러면 대체 내가 뭐가 돼?"

그러면 아빠는 또 얼굴이 붉으락푸르락해져서는 엄마와 한참을 싸워댔다.

그러다 둘의 갈등이 극에 달한 어느 날, 엄마가 갑자기 아빠에게 회초리를 내밀었다.

"맨날 나만 나쁜 사람 만들지? 당신도 좀 때려!"

엄마는 단단히 팔짱을 끼고 선 채 아빠를 향해 눈을 부라렸다. 오늘만큼은 절대로 호락호락하게 넘어가지 않겠다는 듯이. 아빠의 무겁게 가라앉은 시선이 극도로 흥분한 엄마와 겁에 질린 내 얼굴, 그리고 회초리 사이를 오갔다. 아빠는 말없이 회초리를 바닥에 내려놓았다. 그러고는 양복 윗주머니에 손을 가져가 볼펜을 하나 꺼냈다. 그걸로 내 양 손바닥을 펼쳐 가볍게 툭, 툭 쳤다.

"하나, 둘, 셋. 자, 됐지?"

그날 엄마가 극대노했음은 물론이다. 돌이켜 보면 아빠와 엄마가 이혼까지 이르게 된 과정에서 내 지분도 좀 있는 것 같다. 아빠가 그렇게 나를 감쌀 때마다 엄마는 길길이 날뛰었고, 그러면 둘은 또 심하게 싸웠다.

어쨌든 그때를 제외하고는 아빠는 나를 때린 적이 없다. 그리고 아빠는 그 사실에 상당히 자부심이 있다. 요즘도 가끔 이렇게 내게 생색을 낼 정도다.

"말해 봐. 내가 언제 너한테 손가락 하나 댄 적 있어?"

그건 맞는 말이다. 내가 아무리 이런 책을 쓰고는 있지만 그래도 인정할 건 인정해야지.

그러나 나는 아빠가 육체적인 폭력을 가하지는 않았을지언정, '가스라이팅'이라는 형태로 정신적인 완력을 행사했다고 생각한다. 아빠는 내가 자기 말을 안 듣는다 싶으면 사람이 많은 카페 한복판에 나를 앉혀두고 몇 시간씩 줄줄 설교를 늘어놓았다. 내 고집을 꺾어놓고 내가 진심으로 제 의견을 따르도록 만들기 위해서였다.

아빠는 그렇게 나와 마주 앉아서 두세 시간씩 했던 말을 하고, 또

하고. 중간중간 내 눈을 들여다보며 '말해 봐, 내 말이 틀려?'라고 물어보며 답을 요구하고. 그러다 결국 카페 영업이 끝날 때가 다 되어서 직원이 마감 시간을 안내하러 오면 그제야 마지못해 설교를 멈추곤 했었다.

나는 그 시간이 정말로 괴로웠다. 하지만 아빠는 내가 그렇게까지 괴로워한 줄은 모를 것이다. 오히려 이렇게 생각하지 않을까.

"그래도 나는 네 엄마랑은 달라. 네 엄마는 툭하면 별것도 아닌 일로 너를 때리고 벌세우고 그랬잖아."

왜 나는 이 말이 그렇게 답답하게 느껴지는지 모르겠다. 만약 그게 아빠가 자신의 가스라이팅을 합리화하는 명분이라면, 지금까지 아빠가 엄마에게 느끼는 도덕적인 우위의 근거라면. 그렇다면 이제는 차라리 아빠한테 그냥 한 대 맞고 싶은 마음도 든다. 몇 시간씩 붙잡혀서 말로 고문당하는 것보다는 그게 나을 것 같다. 그러면 적어도 접근 금지 명령이라도 신청할 수 있지 않을까?

이 무슨 막장드라마도 아니고

아빠에게 발걸음을 뚝 끊은 지 거의 두 달이 다 되어 가던 어느 날. 갑자기 아빠한테서 전화가 걸려 왔다.

"내가 널 한 번 봐야겠는데."

솔직히 만나고 싶지 않았다. 그렇지만 어쩔 수 없었다. 우리 사이에는 아직 해결되지 않은 돈 문제가 있었으니까. 구체적으로 어떤 문제였는지 여기에다 구질구질하게 털어놓진 않겠지만, 하여튼 그런 게 있었다.

약속 장소는 내가 정했다. 평소 운전을 싫어하는 아빠는 나를 만나기 위해 한 시간이 넘는 거리를 운전해서 찾아왔다. 그만큼 내게 뭔가 바라는 게 있다는 뜻이었다.

우리는 내 집 근처에 있는 카페에서 만나 자리를 잡았다. 아빠는 바로 본론으로 들어갔고, 내용은 예상대로였다. 아빠는 돈을 원했고, 그 돈을 구하려면 내가 필요했다. 그러나 나는 더는 나 혼자서 감당 못 할 빚을 져 가며 아빠의 자금 줄 노릇을 하고 싶지 않았다.

아빠는 평소 하던 대로 품에서 종이를 꺼내 펜으로 획획 그려가며 PT를 시작했다(이때 아빠가 사용한 종이가 꽤 참신한데, 그에 대해선 다음 장에서 자세하게 밝히겠다). 아빠의 말솜씨는 여전히 능수능란했다. 만약 과거의 나처럼 아빠에게 푹 빠진 사람이 한 시간만 그 말을 듣는다면 당장 어디서든 돈을 구해와 바칠 것이다.

"어때? 네 앞으로 조금만 더 빚지는 거야. 이렇게 하면 너도 편하고, 나도 편하고. 우리가 이렇게 부딪칠 이유도 없어지고. 어때, 좋잖아?"

아빠는 긴 설명 끝에 이렇게 결론을 맺었지만, 나는 그 의견에 전혀 동의할 수 없었다. 심지어 아빠가 '조금만'이라 말하는 돈의 액수는 내 기준으로는 전혀 '조금'이 아니었다.

당시 나는 아빠가 나르시시스트라는 걸 이미 알고 있었다. 그래서 그런 설득에 말려 들어가지 않았다. 나는 1인극을 관람하는 관객처럼 열띠게 웅변하는 아빠의 모습을 차분히 지켜봤다.

매번 구체적인 레퍼토리는 조금씩 바뀌었지만, 아빠가 나를 설득할 때마다 사용하는 근본적인 명분은 하나였다. 아빠가 하는 모든 일이 다 나와 우리 가족의 미래를 위한 선택이라는 것이다. 그러나 아빠가 그 길을 선택하면 그에 따른 위험 부담은 내가 져야만 했다. 만약 이런 상황에서 내가 조금이라도 겁먹고 주저하는 기색을 보이면 아빠는 나를 겁쟁이라 비난했다.

"넌 애가 매사에 그렇게 걱정이 많고 소심하고 부정적이어서 안 되는 거야."

그래도 안 통하면 아빠는 '가족'을 빌미로 이렇게 윽박질렀다.

"넌 네 생각만 하고 가족들 생각은 하나도 안 하지? 애가 어쩜 그렇게 차갑고 이기적이냐?"

아빠 말에 따르면 우리 가족 중에서 이런 짐을 질 수 있는 사람은 나밖에 없었다. 아빠는 경제적인 능력이 없었고, 남동생은 장애인이었으니까. 이런 상황에서 나까지 못 하겠다고 나 몰라라 해버리는 건 다른 가족들의 미래까지 내팽개쳐 버리는 이기적인 짓이라고 했다. 아빠가 그렇게까지 말하면 나는 그 제안을 도저히 거절할 수 없었다.

이번에도 아빠는 그 오래된 전략을 구사할 셈인 듯했다. 아빠가 두 시간 넘게 나를 설득하며 내뱉은 모든 말들 속에서 이 모든 레퍼토리가 총출동했다. 그러나 이미 한참 전에 아빠의 가스라이팅 영향권에서 벗어난 나는 그 작전에 순순히 말려들지 않았다. 아빠의 PT가 끝난 뒤 나는 딱 한 마디로 대답했다.

"안 할래."

그게 끝이었다. 가타부타 뭐라 말을 덧붙일 필요도 없었다. 내가 무표정한 얼굴로 내뱉은 이 짧고 단호한 거절에 아빠는 그야말로 돌아버렸다. 그는 순식간에 얼굴이 시뻘겋게 달아올라 내게 언성을 높였다.

"왜 싫어? 뭐가 맘에 안 드는데?"

"그냥 싫어. 내가 할 수 없는 일인 것 같아."

그러자 아빠는 눈을 부라리며 테이블을 툭툭 쳤다.

"아빠가 기껏 다 생각을 해와서 이렇게 제안하는데! 대체 왜 싫다는 거야? 이유를 말해!"

아빠는 내게 설득과 대화를 요구했다. 일종의 함정을 판 것이다. 이 책을 여기까지 읽은 독자라면 잘 알겠지만, 나르시시스트들을 말로 설득하려 드는 건 어리석은 생각이다. 어떤 사안에 대해서 상호 간에 진지하게 의견을 나누려면 애초에 대화가 성립되어야 하는데, 나르시시스트와는 대화가 불가능하기 때문이다.

나는 잠시 눈앞의 아빠를 바라보았다. 험악한 인상을 쓴 채 나를 노려보던 아빠가 버럭 소리를 질렀다.

"말해! 지금 여기서 네 생각을 말해서 나를 한번 이해시켜 보란 말이야!"

아빠의 목소리는 컸다. 그리고 우리는 카페에 앉아 있었다. 내 등 뒤로 슬금슬금 다른 이들의 시선이 쏠리는 게 느껴졌다. 공공장소에서 이게 대체 무슨 추태란 말인가.

나는 잠시 고민했다. 지금 내가 뭐라도 말을 하지 않으면 아빠는 절대 물러서지 않을 기세였다. 아무리 내가 대화를 거부해도 아빠는 집요하게 떼를 쓰고 고집을 부리며 분위기만 더 엉망으로 만들 터였다. 결국 나는 결단을 내렸다.

"말이 안 통한다. 난 갈게."

나는 그 말을 남긴 채 내 커피만 챙겨 자리에서 일어났다. 아빠의 동작이 굳은 듯 멈췄다. 입은 여전히 쩍 벌어진 채였다. 나는 등을 돌렸다. 천천히 카운터로 걸어가 커피 컵을 반납하고는 문을 열고 밖으로 나왔다. 굳이 걸음을 빨리하진 않았다. 도망치는 것처럼 보이고 싶지는 않았으니까.

아빠는 뒤따라 나오지 않았다. 창가에 앉아 있던 아빠가 내가 떠나는 모습을 보고 있었는지는 잘 모르겠다. 아빠를 등진 그 순간부터 단 한 번도 뒤를 돌아보지 않았기 때문이다.

카페가 눈에 보이지 않을 만큼 멀어지고 나서야 나는 겨우 온몸의 긴장을 풀었다. 심장이 미친 듯이 뛰었다. 도파민인지 아드레날린인지 모를 뭔가가 혈관을 온통 장악한 것 같았다.

'내가 카페에 사람을 두고 나왔어. 그것도 아빠를.'

몇 번을 돌이켜 봐도 믿기지 않았다.

살다 보면 드라마에는 비일비재하게 나오는데 내 인생에서는 절대로 벌어지지 않을 것 같은 일들이 있다. 예를 들면 누군가와 싸우다 뺨을 때린다거나, 내 아들이랑 헤어지라고 말하는 예비 시어

머니가 내민 돈 봉투를 거절하고 자리 박차고 나오는 그런 것.

그래도 아빠 덕분에 그중 하나는 해 봤다. 상대방 남겨두고 혼자서 자리 박차고 나오기.

'이 무슨 막장 드라마도 아니고…….'

마음이 온통 심란한 가운데서도 피식피식 웃음이 났다. 진짜 아빠 때문에 내가 살다 살다 별 경험을 다 해본다 싶었다. 물론 이게 진짜 막장 드라마 속 상황이었다면 내가 아빠 얼굴에 아이스 아메리카노 정도는 쏟아 버리고 나왔어야겠지만, 차마 그렇게까지는….

소품은 처방전

아빠는 평소 A4 용지에 필기하며 말하는 습관이 있었다. 그래서 아빠가 용건이 있다며 불쑥 찾아왔던 날, 대화를 시작하기 전에 주머니에 손을 넣었을 때도 그러려니 했다. 그런데 어째 아빠가 품에서 꺼낸 종이가 뭔가 예사롭지 않았다.

아빠가 펼친 종이 위에는 엑셀 시트 같은 녹색 줄이 빽빽하게 인쇄되어 있었다. 어디서 많이 본 듯한 생김새였다. 최상단에는 이렇게 쓰여 있었다.

- OO 대학병원

아빠가 가져온 것은 최근 다니는 대학병원의 처방전이었다. 아빠는 마치 '내가 글씨를 좀 써야 하는데, 마침 종이가 이거밖에 없네?'라고 말하듯 그것을 내 앞에 자연스레 꺼내 놓았다.

눈에 뻔히 보이는 연극이었다. 쉽게 속아 주기에는 나는 이미 아빠에 대해 너무나 잘 알고 있었다.

아빠는 평소 나에게 입이 닳도록 말하곤 했었다. 누군가에게 내 의견을 말하기 전에는 모든 것을 철저히 준비하고 리허설을 두, 세

번씩 해봐야 한다고. 그런 아빠의 주머니에서 이 타이밍에 처방전이 나온 것은 절대 우연이 아니었다. 아빠는 처방전을 소품으로 활용함으로써 내게 자신이 현재 대학병원에 다니고 있다는 점을 은근히 알리고 싶었던 것이다.

우리 사이에 갈등이 본격화된 이후에도 아빠는 몇 번 전화로 몸이 예전 같지 않으니 건강검진을 예약해야겠다고 말하곤 했다. 그때마다 내가 한 귀로 듣고 한 귀로 흘렸더니 이런 식으로라도 어필해야겠다고 마음먹은 모양이다.

이후 아빠는 빼곡하게 표가 인쇄된 처방전 위에 평소처럼 글씨를 쓰고 그림을 그려 넣었다. 중간중간 내 시선이 그 처방전에 잘 머무르는지 확인하면서.

아빠가 이런 어설픈 연극을 벌이면서까지 내 눈치를 보다니. 그런 아빠의 모습이 어찌나 초라하고 우스워 보이던지 도저히 무표정을 유지하기가 힘들었다. 화가 나거나 무서웠던 건 아니다. 그냥 이 모든 상황이 너무 어처구니가 없었다. 조금만 긴장을 풀면 '푸흐흐'하고 어이없는 웃음이 터져 나올 것 같았다.

그래서 나는 아빠가 말하는 내내 최대한 흐린 눈을 하고 처방전을 바라봤다. 고작 이런 수를 생각해 놓고 내게 고스란히 속내를 읽혀버린 아빠도 아빠지만, 그걸 굳이 또 기억해서 여기에다 이렇게 고자질하는 나도 참 못됐다.

내 별명은 문동은

아빠와의 갈등이 최고조에 달했던 시기, 우리 사이에는 거의 매일 드라마 같은 에피소드가 펼쳐졌다. 하나같이 도저히 아빠와 딸 사이에서 일어날 것 같지 않은 일이었다. 오래전부터 나를 지켜봐 왔던 친구들이나 지인들은 그런 일들을 보고 들으면서도 믿지 못했다.

"말도 안 돼! 어떻게 아빠가 그럴 수가 있어?"

TV에서나 볼 법한 막장 상황이 현실에서 일어나고 있는데, 그 일을 겪는 주인공이 자신이 아는 사람이라니. 입장을 바꿔서 생각해 보면 도파민이 터지다 못해 세례까지 받을 일이다.

내 주변의 사람들은 점점 내 인생의 드라마에 몰입하기 시작했다. 한 가지 다행인 점은 나의 드라마는 회를 거듭할수록 그 장르를 바꿔가고 있었다는 것이다. 처음에는 반전 스릴러 장르로 시작했던 이 드라마는 회차를 거듭하며 점차 블랙 코미디로 바뀌고 있었다. 아빠의 가스라이팅 영향권에서 벗어난 내 눈에는 아빠의 모든 말과 행동이 그저 한 편의 촌극으로만 보였기 때문이다.

처음 친구들에게 아빠와 있었던 일에 대해 털어놓았을 때는 말하는 나도 듣는 친구들도 분위기가 꽤 심각했다. 그러나 이렇게 갈수록 드라마의 장르가 바뀌면서 나는 점차 덤덤해졌고, 이제는 아빠에 대해 완전히 웃으면서 이야기할 수 있는 수준이 됐다. 친구들도 마찬가지였다. 처음엔 심각하던 그들도 시간이 갈수록 나와 함께 웃는 일이 늘어났다. 매번 예상을 뛰어넘는 아빠의 행동을 볼 때마다 우리는 함께 놀라고 감탄하며 때로는 농담으로 웃어넘겼다.

그러던 어느 날, 나는 친구를 만나 아빠가 집 근처로 찾아왔던 날에 있었던 일에 관해 이야기했다(이 앞장인 '이 무슨 막장 드라마도 아니고' 에피소드에 소개된 내용이다). 내가 나를 향해 눈을 희번덕거리며 소리 지르던 아빠의 모습을 흉내 내자 친구는 웃음을 터뜨렸다. 한참 웃던 친구가 툭 하고 말을 던졌다.

"너희 아빠 무슨 문동은 엄마 같다, 야."

그녀가 말한 건 넷플릭스 드라마 《더 글로리》의 주인공 문동은의 막장 엄마였다. 그녀는 자기 딸이 동급생들로부터 학교 폭력을 당했는데도 피해자인 딸을 챙기기는커녕 가해자의 부모들로부터 합의금을 받아 챙긴다. 어떻게 보면 학폭 가해자들보다 문동은에게 더 큰 상처를 준 사람이 바로 그녀다.

이후 문동은은 엄마와 인연을 끊고 살아간다. 그러나 그녀는 결정적인 순간에 어른이 된 문동은의 앞에 나타난다. 머리를 온통 새빨갛게 물들이고 일터에 찾아와 '동은아!'하고 고래고래 소리를 지른다. 그런 그녀의 모습은 확실히 그날 카페에서 내게 버럭 소리를 지르던 아빠의 모습과 어느 정도 닮아 있었다.

그날 이후 내 별명은 '문동은'이 되었다. 블랙 코미디다. 그런데 뭐 어쩌겠나. 늘 아빠가 내 귀에 쑤셔 박듯이 말했던 것처럼, 피할 수 없으면 즐기는 수밖에. 그렇게 나는 기꺼이 스스로 밈이 되었다.

가끔 누가 나를 장난삼아 '동은아'라고 부르면 나는 《더 글로리》의 강현남처럼 웃으며 이렇게 대꾸한다.

"왜요? 나는 가스라이팅 당했어도 명랑한 년이에요."

《브레이킹 배드》,
월터 화이트, 나르시시스트

*이 장에는 미드 《브레이킹 배드》의 스포일러가 포함되어 있습니다. 스포일러를 원치 않으시는 분들은 이 부분을 건너뛰어 주세요.

얼마 전 미드 《브레이킹 배드》 시리즈를 정주행했다. 평범한 고등학교 화학 교사인 월터 화이트가 폐암으로 시한부 진단을 받고, 짧은 시간에 큰돈을 벌기 위해 마약 제조에 뛰어든다는 내용이다. 그가 이렇게 극단적인 방법을 선택한 이유는 가족 때문이다. 자신이 죽고 난 뒤 남겨질 가족들의 생계를 위해 재산을 넉넉히 남겨야 하는데, 그러기에는 남은 시간이 너무 부족하다. 고민 끝에 어쩔 수 없이 마약을 만들기로 결심하는 그의 모습에서 전 세계 공용인 '가장'의 무게가 느껴진다.

'나는 곧 죽을 거니까.'

임박한 죽음 앞에 발휘되는 그의 부양 본능은 비장하다 못해 숭고하게까지 느껴진다. 그래서 시청자들은 월터 화이트가 선택한 길이 불법인 줄 알면서도 그를 응원하게 된다.

나 또한 처음에는 주인공 월터 화이트의 시점에 이입해서 드라마를 시청했다. 그가 경찰에 붙잡히지 않기를 바라고, 그의 마약 제조 사업이 무탈하게 계속되기를 바랐다. 더 나아가 그가 더 큰 성공을 거머쥐길 바랐다. 그가 시즌 3의 마지막 에피소드에서 제시에게 게일을 죽이라는 지시를 내리며 진정한 마약왕 '하이젠버그'로 거듭났을 땐 짜릿함에 온몸에 전율이 돋을 정도였다.

그런데 이후 점점 시리즈가 진행될수록 나는 월터 화이트의 행동이 묘하게 불편하게 느껴지기 시작했다. 아마 그가 하는 일이 '가족을 위해서'라는 최초의 명분으로 수용할 수 있는 적정선을 넘어서면서부터였던 것 같다.

시리즈 초반 월터 화이트는 피치 못 하게 이런저런 범죄에 휘말릴 때마다 고뇌하고 괴로워하던 사람이었다. 그런데 나중에 가서는 제 생존을 위해서라면 거침없이 사람을 죽이고, 그 일에 죄책감을 느끼거나 괴로워하지 않는다. 그는 처음에는 소량의 메스암페타민을 판매하며 벌어들인 수익에 만족하지만, 나중에는 온 가족이 평생 다 써도 못 쓸만한 돈을 벌어놓고도 만족하지 못한다. 그는 원래 가족을 위해 마약 제조를 시작했지만, 나중에는 마약 제조를 그 어떤 것보다 우선시한다. 한술 더 떠 그는 자신을 보호하기 위해 가족을 이용하고 위험에 빠트리기까지 한다. 진실을 알게 된 아내 스카일러까지 불법 자금 세탁에 공조하게 만드니까. '가족을 위해서'라는 월터 화이트의 명분은 그렇게 점점 무색해진다.

그는 오로지 더욱 큰 거물이 되고 싶다는 개인적인 야망에 떠밀려 앞으로만 질주한다. 그가 계속 마약을 제조하는 이유는 이제 더는 가족을 위해서가 아니다. 그 행위가 월터 화이트의 정체성 그 자체이기 때문이다. 월터 화이트는 마약왕 '하이젠버그'의 삶에 중독되어 버린 것이다. 중간에 멈추는 것조차 이제 자신의 의지만으로는 할 수 없는 지경이 된다.

그러나 월터 화이트는 이 사실을 순순히 인정하지 않는다. 그는 제 욕심과 야망때문에 스스로 가정을 파탄 내면서도, 여전히 자신이 하는 모든 일이 가족을 위한 것이라고 믿는다. 가족들이 아무리 두려워해도, 그건 아니라고 제발 여기서 멈추라고 설득해도 그는 귓등으로도 듣지 않는다. 그는 자신을 사랑하고 염려하는 가족에게 되레 답답한 듯 화를 낸다. 왜 아무도 자신을 이해해 주지 않는지 모르겠다고. 자신이 이 모든 위험을 무릅쓰는 이유는 오직 가족을 위해서인데.

사실 이 시점에서 그에게 '가족'은 더 이상 희생의 명분이 아니다. 그저 자신이 하고 싶고, 재미있는 일을 하면서 마음껏 막 나가는(*'Breaking Bad'는 미국 남부 지역 은어로 '막 나가다'라는 뜻이 있다) 삶을 합리화할 도구일 뿐이다. '

그래서 월터 화이트는 가족에게 몹시 집착한다. 더 정확하게는 가족들의 피드백에 집착한다. 그에게는 다른 누구도 아닌 가족의 인정이 제일 간절하다. 제 노고를 가족들이 인정해 주지 않는다면, 그가 여태까지 해온 모든 일은 '가족을 위해 벌인 숭고한 일'이 아니라 그냥 악행이 되어버리니까.

시리즈의 최종장인 시즌 5에서 마침내 모든 범행이 탄로 난 월터 화이트는 수배자 신세가 된다. 그는 그런 상황에서도 끊임없이 가족들과 연락을 시도한다. 돈을 보내고, 전화하고, 근황을 수소문한다. 그게 다 그가 진정으로 가족을 사랑해서 한 행동일까? 나는 아니라고 생각한다.

월터 화이트는 나르시시스트였다. 그는 자신의 욕망을 위해 타인을 도구처럼 이용했다. 그의 자존감은 지나치게 낮았다. 그래서 그는 '하이젠버그'의 명성에 과도할 정도로 집착했던 것이다.

다행히 월터 화이트는 아주 마지막 순간에 스스로 제 실체를 깨닫는다. 그는 지난날을 돌아보고 후회하면서 사실 그동안 제 머릿속에는 온통 자기 자신밖에 없었다는 사실을 인정하게 된다. 이후 그는 아내 스카일러를 찾아가 마지막으로 고해성사한다.

Walter : All the things that I did……. You need to understand.

(당신이 알아줬으면 좋겠어, 내가 저지른 모든 일들은…….)

Skyler : If I have to hear… one more time… that you did this for the family…….

(어디 한 번만 더… '가족을 위해서' 그랬다고 말하기만 하면 …….)

Walter : I did it for me. I liked it. I was good at it. And… I was… really……. I was alive.

(날 위해서 했어. 기분 좋더라고. 내가 잘했고, 그리고…정말 로……. 살아있는 것 같은 기분이었어.)

　솔직하게 진심을 고백하는 월터 화이트의 모습에 내 아빠가 겹쳐 보였다. 본인이 벌이는 모든 일마다 꼬박꼬박 '가족을 위해서'라는 명분을 앞세우고는 있지만, 사실 아빠는 그냥 본인이 하고 싶은 대로 행동하고 있을 뿐이다. 그것을 가족들이 이해해 주지 않아서 억울하고 답답하고 외롭다고 하소연하면서. 그러다 결국 가족을 잃고 혼자 남겨지는 것이고.

　《브레이킹 배드》의 월터 화이트는 목숨을 거두는 순간까지 끝끝내 사랑하는 가족들로부터 제 희생을 인정받지 못한다. 그래도 마지막에 자신이 벌였던 모든 짓의 진정한 원흉이 자신의 욕망이었음을 인정하게 됐으니 그나마 다행이라고 해야 할까.

《브레이킹 배드》 시즌 5의 한 에피소드의 예고편에서 월터 화이트는 영국의 시인 퍼시 셸리가 쓴 「오지만디아스」라는 소네트를 낭송한다.

My name is Ozymandias, king of kings

(내 이름은 오지만디아스, 왕 중의 왕)

Look on my works, ye Mighty, and despair!

(내가 이룩한 것들을 보라, 위대한 자들아, 그리고 절망하라!)

Nothing beside remains, Round the decay

(주변엔 아무것도 남아 있지 않았네, 둥글게 삭아버린 채)

Of that colossal wreck, boundless and bare

(적나라하게 드러난 그 초라한 잔해)

The lone and level sands stretch far away.

(외롭고 평평한 모래밭이 멀리 뻗어 있을 뿐.)

「오지만디아스Ozymandias」

- 퍼시 셸리Percy Bysshe Shelley(1792~1822)

한때 세상을 호령했던 '왕 중의 왕' 오지만디아스의 석상은 사막 한가운데 쓰러진 채 잊혀져 간다. 세상에 이름을 널리 알리고, 후세에까지 전하려 했던 모든 발버둥은 덧없이 사라졌다. 이제 그 자리에 남은 것은 부식된 돌덩이뿐이다.

나르시시스트 부모들의 말년은 고독하다. 마치 월터 화이트처럼. 그동안 자신이 학대받아 왔다는 사실을 깨달은 자녀들이 그들과 연을 끊어버리는 경우가 많기 때문이다. 나르시시스트 부모들은 그런 상황에 부닥치고 나서도 자기 행동을 돌아보기는커녕 연을 끊은 자녀들을 배은망덕하다고 비난한다.

나는 그들의 최후를 생각한다. 수많은 석상이 쓰러져 녹슬고 있을 어딘가의 황량한 모래밭을 생각한다. 언젠가 그 석상들 사이에서 아빠의 일그러진 얼굴을 발견하는 날이 올까.

I'm My Own Boss

프리랜서 마케터 커뮤니티 <프리 더 마케터스> 런칭 당시 카피라이팅과 굿즈 기획에 참여한 적이 있다. 그때 내가 고안한 카피가 바로 "I'm My Own Boss."였다.

당시 우리는 이 카피를 활용해서 법랑 컵을 디자인했는데, 머그컵의 바디에 'I'm My Own Boss'라는 카피 문구를 새겼다. 그리고 컵의 손잡이를 잡고 끝까지 들어올리면 보이는 자리에 'Not You'라는 문구를 추가로 써넣었다. 두 문장을 이어 붙이면 이렇게 된다.

"I'm My Own Boss. Not You."

(나의 주인은 나다. 당신이 아니고.)

나는 내 예전 직장 상사를 떠올리며 이 컵을 만들었다. 그런데 정작 내가 이렇게 말해야 할 상대는 직장 상사뿐만이 아니었다. 내 인생을 쥐고 흔들려는 모든 사람에게 진작 이렇게 외쳤어야 했다. 그걸 이제라도 깨달아서 다행이라고 해야 하나.

NO, YOU MOVE

나르시시스트는 가스라이팅을 통해 피해자들의 뇌리에 잘못된 생각을 심으려고 한다.

"너는 애가 참 유별나다."

"봐, 다른 사람들은 다 안 그러는데 너만 예민하게 굴잖아."

"네가 그러면 다른 사람들이 너를 어떻게 생각하겠어?"

그들은 가스라이팅의 근거를 마련하기 위해 참 쉽게 타인을 끌어온다. '세상 사람들이 다 그렇다'라는 말로 자신의 관점이 마치 온 세상의 관점인 양 과장한다. 그러나 사실 그 주장에는 아무런 근거도 없다. 그저 나르시시스트 당사자가 평소에 타인의 시선을 엄청 신경 쓰기 때문에 제 주장에 힘을 더하려 무의식적으로 내뱉은 말일 뿐이다. 그런 허무맹랑한 뇌피셜에 쓸데없이 흔들릴 필요는 없다.

가스라이팅을 당했던 피해자들은 진실을 깨달은 뒤 한동안 스스로를 믿기 두려워한다. 그렇지만 다시 나르시시스트의 곁으로 돌아갈 순 없다. 가슴 깊은 곳에서는 그가 틀렸고 내가 옳다는 걸 알고 있기 때문이다.

이와 관련하여 영화 속의 인상 깊은 대사를 하나 소개하고 싶다. 마블 시네마틱 유니버스(MCU)의 《캡틴 아메리카》와 《에이전트 카터》시리즈에 등장하는 페기 카터라는 캐릭터의 대사이다. 그녀는 영화 《캡틴 아메리카 : 시빌 워》에서 제 조카에게 이런 조언을 남긴다.

Compromise where you can. Where you can't, don't.

(타협할 수 있으면 하고, 불가능할 땐 하지 말아라.)

Even if everyone is telling you that something wrong is something right.

(만약 세상 모든 사람이 나에게 '지금 네가 하는 행동은 옳지 않은 거야'라고 말한다 해도)

Even if the whole world is telling you to move, it is your duty to plant yourself like a tree, look them in the eye, and say 'No, you move'.

(세상 모든 이가 저리 비키라고 요구해도 나무처럼 단단히 뿌리를 박고 서서 말해라. '아니, 당신들이 비켜.')

나르시시스트들은 제 말에 설득력을 더하기 위해 아무 근거 없이 온 세상 사람들을 끌어온다. 우리는 거기에 넘어가면 안 된다. 그들이 우리를 보고 얼굴을 붉히며 이렇게 목소리를 높일 때.

"너는 그래서 문제야!"

"네가 그러면 남들이 어떻게 생각하겠어?"

그의 말을 곧이곧대로 수용해서 상처받을 필요는 없다. 그럴 땐 페기 카터의 말대로 스스로를 그냥 거대한 나무라고 생각하자. 그리고 나를 흔들어 대려는 눈앞의 바람에 대고 단호하게 말하자.

"아니, 문제는 너겠지."

당신이 나약해서, 생각하는 방식이 어딘가 잘못돼서 가스라이팅을 당한 게 아니다. 그저 그 사람이 나르시시스트이기 때문이지, 당신은 잘못되지 않았다. 잘못된 것은 당신에게 잘못됐다고 말하는 바로 그 사람이다.

나를 죽이지 못하는 고통은
나를 더 강하게 할 뿐이다

아빠가 나르시시스트였다는 사실을 깨닫고 가스라이팅에서 벗어나는 과정은 몹시 괴로웠다. 36년 동안 살아오면서 이토록 힘들고 비참했던 적은 없었다. 마음이 불안하고 스스로가 한심하고 아빠가 밉고 가슴이 답답해서 술을 마시지 않으면 도저히 잠을 잘 수 없었다. 어떤 날은 술을 마시고도 잠이 오지 않았다. 그런 밤은 그냥 뜬눈으로 새우며 눈물을 흘렸다. 그런데 이토록 힘든데도 죽고 싶다는 생각은 들지 않았다.

아빠 말에 의하면 나는 원래 엄마가 배 속에서 죽이려고 그렇게 기를 쓰고 노력했는데도 꿋꿋이 이겨내고 세상의 빛을 본 아이였다. 그래서 생에 대한 집착이 남들보다 강한 걸까?

정확한 이유는 알 수 없었다. 그래서 나는 일단 그냥 버텼다. 죽을 수는 없었으니까. 태어나버린 이상, 매일 아침 눈이 떠지는 이상 일단은 살아가야 했다.

그러다 보니 점차 무뎌졌다. 웬만한 일이 생겨도 이젠 그냥 이런 생각이 먼저 든다.

'뭐, 죽으란 법은 없으니까.'

철학자 프리드리히 니체는 이렇게 말했다.

"나를 죽이지 못하는 고통은 나를 더 강하게 할 뿐이다."

멋진 말이지만, 그래도 가능하다면 살면서 이런 고통은 되도록 느끼지 않는 편이 더 나을 것이다. 사실은 나도 평온한 삶이 부럽다. 상황이 여의치 않아 어쩔 수 없이 이렇게 된 것뿐이지. 왜 하필 내 인생에만 이런 드라마 같은 일이 벌어지는지 이해가 안 간다. 만약 애니메이션 영화 《소울》의 엔딩에서처럼 나 스스로 이 세상에 태어날지 말지 선택할 수 있었다면 나는 아마 태어나지 않는 편을 선택했을 것 같다.

이렇게 생각해 봐도 뭐, 어쩌겠나. 이미 고통은 닥쳤는데. 죽을 만큼은 아닌 이 고통을 버티며 어떻게든 앞으로 나아가는 수밖에. 멋지게 강해지진 못하더라도, 조금씩 괜찮아질 수는 있으니까.

자기애 ≠ 나르시시즘

'나르시시스트'라는 말은 때로는 자기애성 인격 장애가 아니라 그저 단순히 자기애가 넘치는 사람을 가리킬 때 쓰이기도 한다.

그러나 나는 '자기애'는 '나르시시즘'과 동의어가 될 수 없다고 생각한다. 그 두 가지가 서로 대치되는 개념이라고 믿기 때문이다.

여러 번 강조했듯이 나르시시스트는 자기 자신을 사랑할 수 없는 사람이다. 그들은 제 빈약한 자존감을 채우기 위해 타인의 인정과 선망을 갈구한다. 그래서 겉으로 보이는 외모나 부, 성공과 평판에 집착하는 것이다. 그러니 진정한 의미에서 자기 자신을 사랑하지 못하는 자기애성 인격 장애를 '자기애'라고 표현하는 것은 적합하지 않은 것 같다.

이 일이 있기 전, 나는 나에게 나르시시즘이 있다고 생각했다. 내가 나 자신을 좋아했기 때문이다. 내 타고난 모습이나 성격, 재능, 성향이 완벽하진 않아도 내 마음에는 들었다. 그런데 이전까지는 그런 마음을 드러내기 힘들었다. 누군가에게 내가 나르시시스트로 보일까 걱정됐기 때문이다. 당시 나는 나르시시스트가 어떤 건지 정확히 몰랐지만 '나르시시스트'리는 말이 부정적으로 쓰인다는 건 알고 있었다.

게다가 내겐 아빠가 있었다. 내가 나라서 행복하다는 기색을 조금이라도 내비치면 아빠는 나를 나무랐다.

"넌 아직 부족한 게 많아. 이것도 문제고, 저것도 문제야. 넌 네가 잘났다고 생각할지 모르지만, 남들이 봤을 땐 너는 너무 부족한 게 많아."

고슴도치도 자기 새끼는 예쁘다고 하지 않던가? 그런데 아빠는 되려 더 가혹하게 나를 나무랐다. 너는 아직 많이 부족하다고, 현 상태에 절대 만족해서는 안 된다고 다그쳤다. 그래서 나는 나에게 만족하면 안 될 것 같았다. 아빠 눈에 나는 한없이 부족한 사람이 었으니까. 그런 빈 껍데기 같은 나를 어떻게 좋아할 수 있었겠나.

그래서 나는 나를 좋아하지 않으려고 했다. 그래도 마음속 깊은 곳에서는 늘 나를 좋아했다. 그러나 이런 생각을 공개적으로 드러 낼 순 없었다. 만약 내가 나를 사랑한다고 공개적으로 말하면 다들 아빠처럼 나를 비난할 것 같았다. '자뻑 오지네.', '잘난 척하기는!' '너 완전 나르시시스트구나?' 같은 온갖 날카로운 말이 쏟아질 것 같았다. 그래서 늘 자기검열을 해왔다.

그러나 이제는 안다. 아빠 말이 틀렸다는 걸. 아빠가 내게 저렇게 부정적인 반응을 보였던 이유는 아빠 본인이 자기 자신을 사랑하 지 못하는 나르시시스트이기 때문이다. 아빠는 스스로를 좋아하는 마음을 이해하지 못했다. 그래서 나의 자기애를 질투했다. 나르시 시스트들은 자기 자신을 온전히 받아들이고 사랑할 수 없으니까.

아빠는 내가 아빠 같기를 바랐다. 내가 나를 믿지 못하고, 못마땅 하게 여기고, 멘탈이 무너질 듯 약해져서 나 자신보다 아빠를 더욱 의지하고 신뢰하길 바랐다. 그렇게 아빠가 나보다 나에 대해 더 잘 안다고 믿으며 고분고분하게 순종하기를 바랐다.

그러나 나는 나를 싫어할 수 없었다. 그러기에는 나는 나를 너무 믿고 사랑했다. 바로 그 점 덕분에 나는 나르시시스트와 나 사이에 명확한 구분 선을 그을 수 있었다.

자신을 향한 사랑과 믿음, 즉 자기애는 나르시시즘이 아니라 오히려 그와 정반대되는 단어였다. 그 사실을 깨달은 뒤로 나는 어디서든 감추거나 누르지 않고 나의 자기애를 고스란히 드러낼 수 있게 되었다.

누가 뭐라 하든 나는 내가 좋다. 이젠 남들 앞에서 이렇게 말하는 게 부끄럽지도 민망하지도 않다. 더는 내가 나를 좋아한다는 사실을 숨기지 않을 것이다. 이게 바로 내가 나르시시스트가 아니라는 걸 보여주는 가장 큰 증거이기 때문이다.

나는 그저 나를 사랑하는 사람일 뿐, 나르시시스트가 아니다. 나의 자기애는 타인에게 상처와 피해를 주는 나르시시즘과는 확실히 다르니까.

나는 금강불괴

나르시시스트들로부터 탈출한 피해자들은 지옥으로부터 살아 돌아온 생존자들이나 마찬가지다. 영화 《인셉션》에 비유하자면, 림보에 빠졌다가 간신히 다시 현실 세계로 돌아온 사람들이랄까.

자신이 가스라이팅을 당했다는 사실을 인식하는 바로 그 순간부터 피해자들의 머릿속에 자리 잡고 있던 자기 의심과 혐오는 차차 사라진다. 이어지는 자괴감과 억울함, 정신적 고통까지 무사히 극복하고 나면 피해자들은 한층 더 강화된 멘탈을 가진 금강불괴로 거듭난다.

바로 직전까지 제 인생을 쥐고 마음대로 흔들려던 나르시시스트 당사자 앞에 서도, 그의 말에 쫄기는커녕.

"응, 그래. 더 해봐. 재밌네."

라고 말하며 그 재롱을 즐길 수 있는 강철 멘탈이 되는 것이다. 이 지경에 이르면 나르시시스트들이 던지는 그 어떤 공격의 말로도 그들의 멘탈을 부수거나 때릴 순 없게 된다. 그야말로 금강불괴로 거듭나는 것이다.

내가 이토록 강해졌다는 사실을 깨달을 수 있었던 건 역설적으로 누군가가 오랜 시간 동안 나를 부수려고 때려왔기 때문이다. 그러나 나는 부서지는 대신 더욱 단단해졌다.

　우리의 적인 나르시시스트가 우리를 금강불괴로 만들어 준 것이다. 이게 그들에게 감사해야 할 일일지는 아직 잘 모르겠지만.

나를 돕게 하소서

어린 시절, 나는 거짓말을 몸에 갑옷처럼 두르고 살았다. 같은 반 친구들에게 부모 없는 아이라는 것을 들키고 싶지 않아서 엄마가 있는 척 행동했던 것부터가 시작이었을까? 그러다 보니 점점 남들 앞에서 괜찮은 척, 아무렇지 않은 척하는 것이 습관이 되었다.

어른이 되어서도 마찬가지였다. 웬만해서는 남들에게 나의 약한 모습을 들키고 싶지 않았다. 누군가에게 동정받는 건 자존심이 상하는 일이라고 생각했다. 그래서 정말 힘든 일이 있어도 혼자서 끙끙 앓으며 속으로 삭이곤 했다.

그런데 이번만큼은 그럴 수가 없었다. 오랫동안 나의 하늘이었던 아빠의 존재가 한순간에 무너졌고 나는 그 잔해에 깔렸다. 그 속에서 나는 여태껏 내 삶을 지탱해 왔던 모든 것이 신기루에 불과했다는 걸 깨달았다. 억울하고 답답했지만 손가락 하나 꿈쩍할 수 없었다. 내게는 더 이상 벌거벗은 마음과 드러난 상처를 가릴 정도의 에너지가 남아 있지 않았다.

상황이 이 지경이 되자 나는 어쩔 수 없이 사람들 앞에서 솔직해졌다. 나는 괜찮지 않다고, 왜 내 모습이 이토록 한심한지 모르겠다며 평소 맨정신이라면 절대 말하지 않았을 속내를 줄줄 털어놓았다.

그것은 과거의 잔해에 깔린 내가 지르는 비명이었다. 여기에 사람이 있다고. 내가 이 밑에서 숨도 못 쉬고 있다고. 이대로 암흑 속에서 혼자 묻혀 죽게 될까 봐 걱정된다고. 절박함 속에서 나는 낯부끄러울 정도로 솔직해졌다. 누군가 내 모습을 보고 '쟤도 별거 아니네'라며 한심하게 여긴다 해도 어쩔 수 없었다.

사실 이 상황에서 그들이 내게 해줄 수 있는 건 아무것도 없었다. 원래 가족 간의 문제는 타인이 어떻게 도울 방법이 없다. 그리고 인간은 보통 자기 자신을 무력한 존재로 느끼게 만드는 사람의 곁에 있는 걸 힘들어한다. 고통스러워하는 사람에게 내가 어떤 도움도 줄 수 없다면, 상대보다 무력한 자기 모습이 싫어져서 점차 상대와 멀어지게 되기도 한다.

나는 내 주변인들도 그럴 줄 알았다. 내가 떠안게 된 불행에 압도당해서 나와 거리를 둘 거라고 생각했다. 그러나 막상 마주한 현실은 정반대였다.

그들은 나를 떠나지 않았다. 오히려 내게 적극적으로 손을 내밀었다.

은근슬쩍 자리에서 일어나 몰래 먼저 계산하는 밥값, 나중에 필요할 때 쓰라며 봉투에 넣어 건넨 돈, 춥지 않게 카페에서 글 쓰라며 보낸 커피 쿠폰, 자기 집으로 초대해 먹이는 따뜻한 밥 한 끼. 때로는 내가 처한 이 말도 안 되는 상황을 단숨에 웃어넘길 만한 일로 만들어버리는 독한 유머까지. 그 모든 것에 담긴 온정이 힘든 상황 속에서 나를 붙들어 주었다.

어쩌면 이 사람들은 내가 이렇게 먼저 힘들다고 솔직히 말해주길 기다리고 있었을지도 모른다는 생각이 들었다.

생각해 보면 그렇다. 나도 내 주위 사람들에게 힘든 일이 닥치면 돕고 싶다. 뭐라도 좋으니 내가 도울 수 있는 일이 있었으면 좋겠다. 그러니 내 주변인들도 이렇게 내가 먼저 힘들다고 말해주기를 기다리고 있었던 것이 아닐까.

나를 사랑하는 이들에게 내 고통을 솔직히 털어놓는 행위는 그들에게 부담을 전가하는 행위가 아니라, 그들에게 나를 도울 기회를 주는 일일지도 모른다. 그리고 세상 모든 일이 그렇듯 누군가에게 기회를 준다는 것은 생각보다 괜찮은 일이다.

우리 주변의 사랑하는 누군가가 고통에 처했을 때, 당장 그의 구원자가 되어줄 수는 없다. 그 사람의 고통은 어디까지나 그 사람의 것이니까. 우리가 할 수 있는 것은 그저 이렇게 손을 내미는 것이다. 모든 고통이 지나가고 조금씩 괜찮아질 때까지 서로의 손을 붙잡고 버티는 것이다. 맞닿은 손의 온기로 '내가 곁에 있다'라는 걸 알려주면서.

그러니까 이 글을 읽고 있는 당신도 정말로 힘들 때는 혼자서만 끙끙 앓지 말고 한번 솔직해져 보기를 권한다. 어쩌면 당신의 주변에 있는 이들도 이렇게 당신을 도울 기회를 기다리고 있을지도 모른다. 그들에게 당신을 도울 수 있는 기쁨을 선물해 보라.

협박문자? 오히려 좋아

서문에서 밝혔듯이 이 책과 관련된 모든 구상은 아빠가 작년 연말에 내게 보낸 한 통의 문자 메시지로부터 시작되었다.

어느 날 아빠로부터 엄청나게 긴 문자가 하나 왔는데 어쩐지 예감이 좋지 않았다. '더 보기' 버튼을 누르니 화면의 스크롤이 손톱만큼 작아졌다. 대략 편지지 한두 장 분량의 글이 스마트폰 화면의 여백을 가득 채웠다. 대충 흐린 눈을 하고 지나치려고 했지만, 몇몇 문구들이 이미 눈에 들어와 버렸다.

[네가 누구 덕분에 이만큼이나 살고 있는지 잊지 마라.]

[자꾸 나를 화나게 만들면 네가 가진 모든 것을 다 빼앗고 너를 망하게 만들 것이다.]

아무리 그래도 딸한테 '널 망하게 할 거야'라니. 어이가 없었다. 더는 읽을 필요도 없다고 생각했지만 한편으로는 대체 또 무슨 얘기를 하려고 저런 말을 덧붙인 건지 궁금해졌다. 그래서 사정을 아는 친구에게 이 메시지를 전달하며 물었다.

[대체 뭐라는 거야? 요약 좀 해줘라.]

1이 사라지고 얼마 뒤. 친구에게서 답장이 도착했다.

[그냥 안 봐도 될 것 같아. 이러다 또 뭔가 잘못되면 다 네 책임이고 네 탓이라는 얘기임.]

역시나 예상했던 대로였다. 허탈했다. 그런데 조금 더 생각해 보니 이 상황이 우습게 느껴졌다. 난생처음 누군가한테 협박 문자를 받았는데, 발신인이 아빠야. 이렇게 도파민 터지는 상황이 또 어딨겠나.

한편으로는 마음이 묘했다. 노안이 와서 카톡 메시지의 글자가 잘 안 보인다고 스마트폰 화면을 멀찌감치 두고 보는 양반이 어떻게 이렇게 지긋지긋할 정도로 장문의 메시지를 보낸 걸까? 설마 저 많은 글자를 메시지 입력창에 하나하나 직접 쳤을 것 같지는 않고, 어디에 메모해 뒀다가 보냈으려나? 이 정도면 단순 입력으로도 5분은 넘게 걸렸을 거 같은데. 그 모습을 생각하니 어딘지 마음이 짠해졌다.

그나마 나는 요약본으로 핵심만 접해서 다행이었다. 전문을 다 읽은 친구는 고개를 절레절레 저었다. 한 문장 한 문장마다 어디 아침 드라마에나 나올 법한 일차원적인 저주의 문구가 가득가득 담겨 있는데, 그 내용이 마치 어린아이들이 절교를 선언할 때 쓰는 편지처럼 유치하기 그지없다고 했다.

아빠한테 협박 문자를 받았다는 상황 자체가 너무 어처구니없어서였을까? 그 덕분에 나는 오히려 마음이 좀 편해졌다. 사실 이제 조금 있으면 연말이기도 하고 아빠하고 거리를 둔 지도 좀 돼서 마음이 슬슬 약해지려던 타이밍이었는데. 갑자기 등장해 긴장감을 불어넣어 준 협박 문자가 흐트러지던 내 마음의 기강을 빡세게 잡아 준 것이다.

실제로 이 문자 덕분에 내 상황이 좀 더 편해지기도 했다. 나는 나와 아빠 사이의 일을 믿지 못하는 이들이나, 아빠의 입장을 두둔하며 나를 설득하려는 집안 어른들을 만날 때마다 이 메시지를 보여주었다. 그러면 끝이었다. 더는 구질구질하게 다른 설명을 덧붙일 필요도 없었다.

그렇게 나의 친구들, 사촌들, 친척 어른들이 그 메시지를 읽었다. 그들은 한숨을 내쉬었다.

"어떻게 딸한테 이런 말을……."

"설령 네가 정말로 큰 잘못을 했다고 하더라도 이게 아빠가 딸한테 할 말은 아니지."

이후 누구도 감히 내 앞에서 '그래도 네 아빤데…….'라는 말을 꺼내지 못했다. 그렇게 거의 칠순에 가까운 나이에 셀프로 흑역사를 박제해 버린 아빠 덕분에 나는 좀 더 수월하게 아빠를 손절할 수 있었다. 무려 집안 어른들의 지지까지 얻어 한결 자유로워진 당당한 불효자가 된 것이다.

애초에 아빠가 내게 그 협박 문자를 보내면서 어떤 효과를 기대했던 건지 잘 모르겠다. '널 가만두지 않겠다'라고 하면 내가 '아, 너무 무서워! 아빠 제가 정말 잘못했어요!' 하고 돌아갈 줄 알았나. 현실은 타격감 0(제로). 오히려 보면서 친구들이랑 '아, 대체 뭐라는 거야.'라며 두고두고 웃어넘길 안줏거리로 전락했을 뿐이다.

어쨌든 아빠가 괜한 감정에 휩쓸려 나에게 유리한 증거를 쥐여준 건 확실하다. 전화 통화는 녹음하더라도 남들에게 요점만 들려주기가 힘들고, 녹취도 직관적으로 와닿지는 않는다. 그에 비해 협박 문자는 너무 명확했다. 한번 쏟으면 주워 담을 수 없는 말처럼, 수신자가 이미 확인한 메시지는 회수할 수 없으니까.

하루는 친구가 내게 이렇게 물었다.

"너 웹소설 대체 왜 쓰냐? 네 인생이 이미 이렇게 고자극인데."

솔직히 나도 이때는 웹소설 쓰는데 몰입이 잘 안되긴 했다. 현생이 주는 자극이 너무 세서. 그러다 보니 그런 생각이 들었다.

'아빠한테 망하라고 협박 문자 받는 내 인생 레전드.'

어절마다 도파민이 팍팍 터지는 문장 아닌가. 그래서 나는 이 책을 쓰기로 결심했다. 누군가가 나에게 망하라고 보낸 문자를 이용해서 정반대로 돈을 벌어보는 것도 꽤 괜찮은 생각 같아서.

그러니까 협박 문자? 오히려 좋아.

자기 연민은 5분만

아무렇지 않은 듯 잘 버티고 있다가도 가끔 한 번씩 무너지는 순간들이 있다. 그럴 땐 다 내려놓고 잠시 자기연민에만 집중한다.

'그래, 내가 좀 불쌍하긴 하지.'

하고 묵념하듯이 나 자신을 미친 듯이 가여워하는 것이다.

단, 딱 5분만.

자기 연민은 할 수 있다. 그러나 5분 이상 그 감정에 빠져들게 되면 생각에 생각이 끊이질 않고 자꾸만 꼬리를 잇는다.

'내가 대체 왜 그랬을까?'

'그때 그렇게 멍청하게 굴지만 않았어도⋯⋯.'

'좀 더 일찍 깨달았어야 했는데⋯⋯.'

그러다 보면 결국은 자책으로 이어지게 된다. 내가 나를 탓하고 미워하게 되는 것이다.

그러니까 정 자기 연민이 몰려오면 뽀모도로 타이머를 맞춰 두고 딱 5분만 그 생각에 푹 취해 보자. 그리고 알람이 울리면 바로 그 세계에서 빠져나오자. 자기 연민은 해도 자책은 하지 말자고. 우리 잘못이 아니니까.

친구, 엄마, 친구

내가 막 초등학교 1학년이 되었을 때, 아빠와 엄마가 이혼했다. 아무리 애어른이라 해도 만 7세는 혼자서 모든 걸 챙기기에는 아무래도 어려운 나이다. 나는 매일 똑같은 옷을 입고 학교에 갔다. 손톱 밑과 귀 뒤에는 때가 잔뜩 들러붙은 채로. '하루에 이는 몇 번 닦는 거죠?'라는 학교 선생님의 질문에 '아침에 세수할 때 한 번이요!'라고 당당하게 답하던 나는 누가 봐도 '엄마 손'을 타지 못한 아이였다.

내가 운이 좋았던 건지 아니면 그 시절 인심이 다 그랬던 것인지는 잘 모르겠지만 나는 더럽고 꼬질꼬질하고 냄새가 난다는 이유로 왕따를 당하지는 않았다. 솔직히 요즘 같으면 상상도 못 할 일이라고 생각한다. 아마도 그때는 애들이 학교 끝나면 학원에 가지 않고 그냥 놀이터에 가서 뛰어놀아서 어차피 다 똑같이 더러워졌기 때문이 아닐까?

어쨌든 나는 친구들의 집에도 자주 놀러 갔다. 친구의 엄마들은 당시 내 모습만 보고도 내가 어떤 상황인지 바로 눈치챘을 것이다. 그래도 그분들은 친구들에게 나랑 놀지 말라거나 나를 집에 데려오지 말라고는 하지 않으셨다.

대신 그분들은 내게 밥을 먹이고, 씻는 법을 가르쳐 주셨다. 내 머리카락에 이가 생겼을 땐 하나하나 잡아 주셨고, 내가 작아진 운동화를 신다가 신발이 찢어져 엄지발가락이 튀어나오면 새 신발을 사 주셨다. 어떤 분은 운동회에 가족이 오지 않아 혼자 있을 나를 위해 돗자리에 내 자리를 마련하고, 음식도 내 몫까지 챙겨와 주시기도 했다. 친구 엄마들의 그런 배려 덕분에 나는 엄마의 빈 자리를 많이 느끼지 않을 수 있었다.

시간이 많이 흘러 이제 나는 그때 내 친구의 엄마들과 비슷한 나이가 되었다. 그래서 당시 그분들이 내게 베풀었던 온정의 무게를 더욱 깊이 느끼게 된다.

내 친구 중에는 엄마가 되어 아이를 키우고 있는 이들도 있다. 그녀들은 나와 아빠 사이에 벌어진 일들을 보고 들으며 큰 충격을 받았다.

"어떻게 자기 딸한테 그렇게 말할 수가 있어?"

"아버지가 욕심이 한도 끝도 없으시네."

어쩌면 이 일로 '엄마'인 친구들이 받은 충격이 '딸'인 내가 받은 충격보다 더 클지도 모른다.

그녀들은 내게 말했다. 엄마가 되고 나니 아이에게 그렇게 뭔가 바라는 마음이 생기지 않는다고. 아이가 공부를 못하고 뭔가를 성취하지 않아도 그저 건강하기만 하면 더 바랄 게 없다고. 자기 삶에 존재하는 것만으로도 고마운 존재가 가족이고, 자식이라고. 그래서 그런지 만약 내가 자기 딸이라고 상상해 보면 지금 상황이 너무 마음 아프다는 것이다.

"너희 아빠는 대체 왜 그러시는 거야? 난 내 딸이 너만큼만 자라 주면 좋겠는데."

엄마가 된 친구들의 말은 내게 다른 그 어떤 말보다 든든한 위로가 되어주었다.

어린 시절 친구 엄마들의 사랑으로 컸던 나는 세월이 지난 뒤 이렇게 엄마가 된 친구들에게 위로받고 있다. 그래서 더더욱 아빠가 맨날 내게 했던 '네가 엄마 사랑을 못 받고 자라서'라는 말에는 동의할 수 없다.

아빠 말대로 내 친엄마는 나를 사랑하지 않았을지도 모른다. 그렇지만 어린 시절부터 꾸준히 이어졌던 이 모든 '엄마'들의 사랑은 지금도 이렇게 내 삶이 무너지지 않게 지탱해 주고 있다.

부모가 될 자격

요즘에는 반려동물을 참 많이 키우는 것 같다. 반려동물을 가족의 일원으로 대하며 아끼는 사람들도 많아진 듯하다.

그런 한편 반려동물을 유기하는 사람들도 여전히 많다. 그 핑계도 가지가지다. 작을 때 데려왔는데 크기가 너무 커져서 더 이상 귀엽지 않아서, 생각보다 사료를 많이 먹어서, 병원에 한번 갔더니 치료비가 생각보다 비싸서, 소음이 커서 등등.

이는 생각이 있는 성인이라면 반려동물을 입양하기 전에 당연히 미리 고려해 봤어야 할 사항들이다. 그저 귀엽다고, '다른 집에서도 다 반려동물을 키운다'라는 이유로, 혹은 적적하다는 이유로 충동적으로 입양한 뒤 정작 유기할 때는 그 책임을 반려동물에게 온전히 뒤집어씌우는 게 사람이 할 짓인가?

그런 인간들에게 반려동물은 데려올 땐 가족, 버릴 때는 동물이다. 그런 모습을 보면 세상 사람 대부분이 최소한의 상식적인 선에서 행동하며 살아가고 있다는 믿음을 내려놓게 된다.

문제는 반려동물을 입양하는 과정이 너무 쉽다는 것이다. 펫숍만 봐도 그렇다. 돈만 주면 품종견, 품종묘를 10분 만에 집에 데려갈 수 있는 세상이다. 심지어 어떤 곳은 반품도 보증해 준다.

나는 애초에 이 과정이 이렇게 쉬운 것 자체가 말이 안 된다고 생각한다. 반려동물은 한번 입양하면 최소 10년 돌봐야 하는 가족 구성원이 되는 건데.

그래서 나는 반려동물을 입양하기 위해 면허 제도와 비슷하게, 관련 교육이나 시험을 통과한 사람에게만 그 자격을 주는 제도를 운영해야 한다고 생각한다. 반려동물을 입양하려는 사람들을 대상으로 교육을 시행하는 것이다. 반려동물의 습성, 적절한 훈육법, 걸리기 쉬운 질병 및 증상, 몇 살부터 어떤 질병에 걸리기 쉬운지, 각 질병의 증상에 따른 평균적인 진료 비용과 간병법에 대해서도 알려주고 시청각 자료도 보여줘야 한다고 생각한다.

교육으로 모든 것을 해결할 순 없겠지만, 적어도 이런 절차를 하나 추가하는 것만으로도 나중에 반려동물을 유기하거나 방치를 할 만한 사람들을 미리 어느 정도는 걸러낼 수 있지 않을까?

부모도 마찬가지다. 물리적으로 누군가의 부모가 되는 것 자체는 꽤 쉽다. 임신은 육체적인 본능이 이끄는 행위의 결과이다. 그런데 이 행위는 때때로 당사자들의 의지와 관계없이 진행되기도 한다.

그래서 정말로 솔직한 심정을 고백하자면, 나는 아빠가 내게 저질렀던 모든 가스라이팅이 의도적이었다고는 생각하지 않는다. 단지 아빠는 몰랐을 뿐이다. 자신이 부모가 되기에 미숙한 인간이라는 사실을 말이다.

만약 누가 아빠에게 미리 '부모는 자식에게 이렇게 대해야 한다'라는 적절한 방법을 제시했더라면 아빠는 완벽히 수긍하지는 못하더라도 어느 정도는 그 가이드라인을 참고했을 수도 있다. 그러나 불행히도 아빠에게는 그런 이야기를 해줄 수 있는 존재가 없었다.

다른 부모들도 마찬가지다. 모든 부모는 다 부모 초심자다. 모든 성인이 다 그 나이를 처음 살아보는 인생의 초심자이듯이. 그래서 아빠는 순전히 본인이 생각하는 최선의 '아빠' 노릇을 한 것뿐이다. 어차피 이 세상에 남자로 태어났으면 자기 가족을 이루는 건 당연한 일이었고(그때는 그랬다), 가족을 위해 헌신하는 것이 가장의 의무라고 생각했던 마음도 진심이었을 것이다. 그래서 오로지 금전적 성공만을 생각하면서 이날 이때껏 달려왔을 거고.

본인이 그렇게 살아가다 보니 자신과 인생관이 다른 딸의 모습이 못마땅하고 답답했을 것이다. 나르시시스트인 아빠에게 나는 한 사람의 인격체가 아니라 아빠의 확장이고 부속품이었으니까. 어떤 사람들에게 반려동물이 '생명을 지닌 가족'이 아니라 '인형'이었던 것처럼 말이다. 그래서 아빠는 내 생각이 아빠의 생각과 다를 수도 있다는 것을 끝까지 인정하지 못했다.

나는 내게 닥친 이 일로 누구를 원망하고 싶은 마음도 비난하고 싶은 마음도 없다. 그저 이런 현실이 슬플 뿐이다. 부모가 되지 말았어야 할 사람이 부모가 되어버리는 이런 일들을 막을 방법이 없으니까.

그래서 나는 반려동물을 입양하든, 부모가 되기 위해서든 가족을 만드는 모든 행위에 앞서 자격을 검증하는 절차가 추가되어야 한다고 생각한다. 교육받든 시험을 치르든 말이다. 이것이 모든 문제를 막을 수는 없겠지만 최소한의 방지 장치는 될 수 있지 않겠나.

저출산이다, 뭐다 난리인 시대에 이런 내 의견이 받아들여질 수 있을지는 잘 모르겠지만.

그냥 불효할게요

나는 불효자다. 지금 내가 처한 이런저런 구체적인 상황을 다 차치하고서라도, 유교 국가인 대한민국의 기준으로 보면 나는 불효자가 맞다.

- *정기적으로 부모를 찾아가는가? > NO*

- *정기적으로 부모와 통화하는가? > NO*

- *부모에게 용돈을 드리는가? > NO*

- *부모의 생활을 돌보는가?*

(식사 및 영양제 챙기기, 병원 셔틀 등) > NO

이렇게 나는 대한민국에서 응당 자식으로 태어나면 수행해야 하는 모든 의무를 건너뛰고 있다. 그런데 여기서 근본적인 의문.

지금 이 책을 읽는 당신.

효자가 되고 싶나?

일단 나는 아니다.

누군가에게 효자가 되고 싶은지 아닌지를 묻는 건, 마치 '너의 장래 희망이 뭐니?'라는 뻔한 질문을 들이대는 것과 같다.

나는 잘 모르겠다. 그놈의 '효자'가 대체 뭔지. '부모'는 나를 낳은 사람이다. 그렇지만 내게 생명을 부여하고 이 세상에 살아볼 기회를 줬다는 이유만으로 효도를 요구하기에는 그 존재 가치가 사회적으로 너무 과대평가 됐다고 생각한다.

부모의 존재가 소중하지 않다고 말하는 게 아니다. 그저 부모와 자식 간의 관계도 다른 모든 인간관계와 마찬가지의 범주에서 생각해 볼 필요가 있다는 것이다. 부모와 자식 간의 관계에도 인간관계고, 그사이에 오가는 감정과 배려도 쌍방이다. 부모가 부모다워야 자식도 효도하고 싶은 마음이 드는 거 아니겠나.

그래서 나는 <효녀 심청> 이야기도 싫어한다. 심청이 아빠 심학규는 무능하다. 그런데 눈을 뜨게 해준다는 말에 스님에게 덜컥 공양미 삼백 석을 약속하는 사고까지 친다. 심청이 인당수에 바쳐질 제물이 되어 곁을 떠난 뒤에도 사람 보는 눈이 없어서 뺑덕어멈을 만나 고생한다. 이쯤 되면 심청이가 아빠 때문에 지긋지긋해서 차라리 인당수로 탈출을 시도한 게 아닌가 싶어질 정도다. 아, 그러고 보니 심청이 아빠 심학규도 갓난아이였던 심청이를 안고 여기저기 젖동냥을 다녔다고 엄청나게 생색을 냈다. 꼭 누구처럼 말이다. 심청이도 여러모로 참 힘들었겠다는 생각이 든다.

내가 하고 싶은 말은 어쨌든 부모가 먼저 부모답게 굴어야 자식에게도 효도를 운운할 자격이 된다는 것이다. 부모와 자식 간의 관계가 쌍방인 건 맞지만, 이 세상에 태어나는 순서와 과정을 따지면 부모로부터의 내리사랑이 더 먼저라고 생각한다.

자식이라는 이유만으로 자식에게 적절한 사랑을 주지 않은 부모에게까지 무조건 효도해야 한다는 건 어불성설이다.

진정으로 자식을 사랑하는 부모라면, 나를 보고 '너는 왜 그 모양이냐?'라고 가스라이팅을 하기보다는 내가 지금 아무 사고도 안 당하고 아무런 아픈 곳도 없는 상태로 즐겁게 잘 지내는 이 모습만으로도 만족하리라 생각한다. 여기서 효도까지 바라는 건 욕심이다. 만약 그런 부모가 있다면, 부모가 아니라 투자자라고 불러야 하지 않을까? 그들의 마음은 제 인생을 걸고 투자한 상품으로부터 뭔가를 회수하려는 심리에 더 가까운 것 같으니까.

나도 살면서 뭐 딱히 불효자 소리를 듣고 싶었던 건 아니지만, 그렇다고 해서 굳이 효자 타이틀을 얻고 싶은 것도 아니다. 그러니까 이 책을 읽고 나를 불효자라고 생각하는 사람이 있다면 그냥 그렇게 생각하고 소문내셔라. 나 그냥 불효할라니까요.

결국은 당신의 손해

아빠의 얼굴을 보지 않은지 좀 됐다. 아빠와 함께 일하는 남동생에게도 연락하지 않는다.

내가 지금 이 글을 쓰는 시점이 2024년 1분기이고, 이 책이 출간될 때쯤에도 상황은 변함이 없을 테니 거의 한 반년 정도는 연락이 끊긴 상태. 연말연시에도, 구정 명절 연휴에도 그들을 만나지 않았다.

가족을 오랫동안 못 봐서 아쉽거나 외롭지 않냐고? 그렇지는 않다.

여태까지 살면서도 종종 누군가와 관계가 끊긴 적이 있었다. 그때마다 나는 그 사람들의 손해라고 생각했다. 그들이 앞으로 또 어디서 나만큼 재밌고, 유익하고, 비범한 사람을 만날 수 있겠나.

내가 인정하고 싶든 인정하고 싶지 않든 나는 하루하루 시트콤 같은 웃수저 인생을 살고 있다. 그냥 가만히 옆에 두고 지켜보기만 해도 웃겨서 엔돌핀이 돌고 저절로 수명이 연장될 지경이다. 그런 내가 떠난 그들의 인생은 얼마나 무료할까?

그러니까 있을 때 잘했어야지. 결국은 그들의 Loss다.

이렇게 살아도
불행하지 않아

"가족을 손절했더니 마음의 평화가 찾아왔어요."

내가 어디 가서 이런 이야기를 하면 사람들은 어리둥절한 표정을 짓는다. 아무래도 대다수가 그리는 이상적인 행복 속에는 가족 없이 혼자인 사람은 존재하지 않는 것 같다.

흔히들 가족이 없는 삶은 불행하리라 생각한다. 혼자서 아무리 자신의 인생을 성실하고 꿋꿋하게 살아간다 해도 가족이 없다면 불쌍한 사람이 된다.

솔직히 말해서 나는 가족을 잃기 전보다 잃은 뒤인 지금이 더 좋다. 이전의 나는 주말마다 꼬박꼬박 아빠를 찾아가는 딸이었다. 1년에 52주가 있으면 50번 이상은 아빠의 얼굴을 봤다. 그런데 지금은 아빠와 얼굴 한번 마주하지 않은 채 몇 달이 지났다. 그래도 불행하지 않다. 오히려 마음이 편하니 모든 일이 즐겁다.

유교의 나라 대한민국에서 감히 아빠를 버린 불효자식이 불행하지 않다니. 인과응보가 무색하게 오히려 이렇게 즐겁게 지내고 있으니 은근히 민망할 노릇이다. 그렇지만 어쩌겠는가. 나는 정말로 불행하지 않은데.

예전에는 나도 막연하게 가족이 없는 삶에 대해 두려움을 품었다. 인간으로 태어나 거쳐 갈 이 외로운 인생 속에서 나를 붙잡아 줄 존재는 오로지 가족밖에 없다고 믿었다. 그런 존재가 없다면 나 혼자 외톨이로 덩그러니 남겨져 쓸쓸하게 살아갈 것 같았다.

그런데 실제로 그런 상황에 처해 보니까 그렇지 않았다. 지나고 보니 깨달았다. 그동안 벌어졌던 일에서 나를 가장 힘들게 했던 것은 바로 나의 저 근거 없는 믿음이었다는 것을.

'가족을 버릴 순 없어.'

가족을 버리기로 마음먹으면 내가 돌아갈 곳이 없어질 것 같았다. 그렇게 이 세상에 나 외에 나를 신경 써 줄 존재들이 사라지면 혼자서 너무 외롭고 슬프고 불행할 것 같았다.

그 두려움 때문에 나는 정작 그 가족이 나를 해치고 있다는 사실을 오랫동안 깨닫지 못했다. 아빠의 언행에 불편함을 느낄 때는 그냥 내 눈을 가려버렸다. 마치 연인에게 데이트 폭력을 당하면서도 헤어지지 못하는 심리와 비슷했다.

'이 사람이 아니면 안 돼. 나는 이 사람과 헤어지면 행복해질 수 없을 거야. 이 사람이 아니면 누가 나를 이렇게 사랑해 주겠어?'

이런 경우, 피해자의 주변인들은 피해자에게 상처만 주는 연인과 헤어질 것을 권한다. 그러나 만약 상처 주는 사람이 가족이라면?

"그래도 가족인데……."

연인이든 친구든 가족이든, 이름을 떼어내고 보면 그들이 내게 상처를 주는 방식은 같다. 그런데 그 대상이 가족일 경우엔 단지 '가족'이라는 이유만으로 버려서는 안 되는 존재가 된다. 특히 그 상대가 부모라면 더더욱.

"어쩌겠어, 네가 이해해야지."

자식은 그렇게 불합리한 상황에서도 무조건 부모의 흠을 참아내기를 강요당한다. 하여튼 이게 다 유교 사상 때문이다. 어쩌면 우리는 유교 문화에 가스라이팅을 당해 온 것이 아닐까?

지금의 내 처지에 '불행'이라는 단어를 겹쳐 보는 사람들의 마음에는 이미 '그럴 것이다'가 아니라 '그래야만 한다'와 같은 문장이 자리 잡은 것 같다. 그들은 나처럼 가족과 어떤 형태로든 인연을 끊고 혼자 살아가는 사람들이 절대 행복하지 않기를 바라는 것 같다. 그런 태도에서 어쩐지 묘한 불안감이 느껴진다.

그렇지만 어쩌겠나. 굳이 그들을 안심시키기 위해 거짓말을 할 순 없고. '막상 가족을 손절해 보니 손절한 뒤가 훨씬 낫더라.'라고 솔직하게 말할 수밖에.

냉정하게 생각해서 나 외의 존재는 전부 타인일 뿐이다. 내게 상처를 주는 이들도 타인이다. 그런 의미에서 내 가족은 나밖에 없다. 그러니까 내가 돌아갈 곳은 내 가족이 아니라 나다. 내가 지금부터 그 자리를 잡고 단단히 다져나가면 되는 것이다.

만약 예전의 나와 비슷한 고민을 하고 있는 누군가가 있다면 말해주고 싶다. 내 삶을 불행하게 하고, 나를 휘두르려는 가족 곁에서 하루하루 말라가는 것보다는 그깟 가족 따위 버리고 불효자식으로 사는 게 더 낫다고.

물론 선택은 어디까지나 본인의 몫이다. 모든 사람이 나와 같은 경험을 할 필요는 없으니까. 단지 나는 나에게 있었던 일과, 내 선택 이후 일어난 변화와 그 과정에서 내가 느꼈던 점에 대해 솔직히 털어놓을 뿐이다. 지금의 나는 가족은 없지만 적어도 불행하지 않다고.

불효자는 운다고?

아니, 나는 웃으며 잘 지내고 있다. 지금 내가 얻은 마음의 평화를 생각하면 앞으로 평생 내 온몸을 불효자 딱지로 도배하고 살아도 상관없다.

너무 솔직한가? 그래도 나는 이 책에서만큼은 솔직해지기로 결심했다. 그 솔직함으로 인해 여러 사람에게 욕을 먹게 되더라도, 나와 비슷한 처지에 있는 단 한 사람의 마음이라도 편하게 해줄 수 있다면 그걸로 족하니까.

천을귀인이
보고 계셔

얼마 전에 사주를 보러 갔을 때 들었던 말이다.

"넌 기질적으로 사람을 참 싫어해. 그런데 사람을 만나야 해. 사람들로부터 도움을 많이 받는 사주야."

맞는 말이다. 나는 사람을 별로 좋아하지 않는다. 오죽하면 회사에 다니는 것보다 일용직 아르바이트를 하는 게 더 편하다고 느낄 정도다. 직장 내 괴롭힘 같은 걸 당해서 트라우마가 생긴 것은 아니고 그냥 태생적으로 주위에 있는 타인을 견디기 버거워 한다.

그래서 역술인으로부터 '사람을 많이 만나면서 살아야 한다'라는 말을 듣고서도 처음엔 별로 진지하게 받아들이지 않았다. 딱히 내가 바라는 방향의 조언이 아니었기 때문이다.

그런데 요새 들어서 저 말이 자꾸만 생각난다. 저 때 역술인이 내게 해준 다른 말 때문이다.

"네 사주에는 천을귀인이 있어. 극단적으로 말하면 어떤 사고가 나서 주위에 있는 사람이 다 죽어도 너만 살아남는 사주야."

역술인은 또 이렇게 덧붙였다.

"너는 그래도 굶어 죽을 일은 없어. 혹시 죽을 것 같아지면 뭐든 돈 될 일이 들어오니까 너무 걱정 안 해도 돼."

물론 사주를 100% 신뢰하진 않는다. 그래도 어찌저찌 저 말이 맞아 떨어져서 작년 11월에 일용직 생활을 시작하고 난 뒤부터 어떻게든 꾸준히 일을 해오고 있긴 하다. '아, 이번 주는 일 못 구했네. 어떡하지?' 하고 고민하고 있으면 예전에 일했던 곳에서 전화가 오거나, 당일에 갑자기 급구 알바가 뜬다. 어쩌다 보니 이런 식으로 몇 달째 안 굶고 잘 살아가고 있다.

만약 이게 천을귀인 빨이라면, 그 귀인 빨도 아무나 받을 수는 없을 거라고 생각한다. 아무리 사주에 천을귀인을 타고난 사람이라 하더라도 스스로 아무 노력도 안 하고 귀인만 믿고 있으면 굶어 죽지 않겠나?

천을귀인이 나를 수호하고 있다면, 그리고 그게 힘을 발휘하고 있다면 그것은 내가 계속해서 움직이고 뭔가를 하려고 하는 사람이기 때문일 것이다.

나는 지금 일용직을 하며 먹고살고 있다. 나도 안다. 언제까지나 지금처럼 살아갈 순 없다는 걸. 그래서 조금씩 글로 할 수 있는 일이나 다른 일도 알아보고 있다. 기업 뉴스레터 편집 업무에 지원해 보기도 했고, 온라인 소설 유료 모임장 자리에 지원해 보기도 했다. 네이버 블로그도 시작했다. 내가 어려웠던 시기에

도와줬던 많은 사람에게 보답하고 싶어서다. 비록 내가 그들에게 밥 한 끼를 살 돈은 없지만, 글을 열심히 써서 식당 체험단에는 선정될 수 있다. 소소하지만 그렇게라도 주변에 차차 보은해 가면 된다.

이 모든 기회는 하나같이 나의 주위 사람들에게서 왔다. 평소에 알고 지내던 지인이 내게 '너 이런 거 한번 해볼래?'라고 권유한다던가, 친구가 갑자기 일을 부탁한다든가 하는 식으로 말이다.

만약 내 삶에 정말로 천을귀인이 존재한다면 바로 이 사람들이 아닐까. 내가 돈 없다고 혹시 굶고 있지는 않나 살피고, 내가 뭔가 할 수 있는 일이 없을까 대신 찾아봐 주고. 꼭 그런 게 아니더라도 가끔 만나 시간을 보내며 그저 생각 없이 웃고 떠들어주는 그런 인연들. 내가 만나서 에너지를 받고 힘을 얻는 사람들이 결국 나의 천을귀인들이라고.

그런 걸 생각하면 이런 불안한 삶도 나름대로 괜찮은 것 같다. 그 덕분에 이토록 귀한 사람들이 내 곁을 지켜주고 있었다는 걸 깨닫게 되었으니까.

걱정은 공짜가 아니다

나는 어릴 때부터 남들에게 그다지 걱정을 끼치는 스타일이 아니었다. 딱히 비뚤어지거나 엇나가는 구석 없이 혼자서도 잘 지냈고 공부도 곧잘 했다. 언제나 뭔가에 열중해 있었고, 항상 하고 싶은 일을 하며 즐겁게 지내왔다.

그래서일까? 3년 전 내가 돌연 퇴사를 선언했을 때 그 누구도 나를 걱정하지 않았다. 내 오랜 친구는 이렇게 말했다.

"너는 뭐, 걱정 없지."

그랬던 나의 상황은 최근 아빠와의 갈등을 겪으면서 완전히 뒤바뀌었다. 나르시시스트와 대립하는 과정에서 생겨난 온갖 기상천외한 사건들은 나뿐만 아니라 이 과정을 지켜보는 모든 이들의 걱정을 불러일으켰다.

날마다 누군가로부터 '괜찮냐?'라며 안부를 묻는 전화와 메시지가 오는 일상은 몹시 낯설었다. 여태껏 살면서 이렇게 많은 사람으로부터 걱정의 대상이 되어본 적이 없었기 때문이다.

처음에는 몹시 당황스러웠다. 나는 타인이 내 일에 쏟아내는 걱정에 압도됐다. 마치 난생처음 칭찬받고 어쩔 줄 몰라 하는 아이 같았다. 무엇보다 내가 주변 사람들의 일상에 이렇게 영향을 미칠 수 있는 존재라는 걸 믿을 수 없었다.

그래도 시간이 지나면서 나는 조금씩 타인의 걱정을 받아들이는 데 익숙해졌다. 그러면서 곧 지극히 당연한 사실을 깨달았다. 그들이 나를 걱정하는 이유는 나를 진심으로 아끼기 때문이라는 것을.

나도 이전에 누군가를 걱정해 본 적이 있어서 안다. 걱정은 호감과 비슷하다. 상대에게 그만큼의 감정을 쏟는 거니까. 상당한 양의 정신력을 소모하면서까지 말이다. 그러니 내 주위 사람들이 내게 보이는 걱정은 당연한 게 아니다. 요즘같이 공감 능력이 귀해진 시대에, 타인을 위해 감정을 소모한다는 것은 보통 일이 아니니까.

그래서 나는 그들의 마음을 전부 감사하게 마음에 담아 두었다. 그들의 진심과 걱정은 절대 공짜가 아니다. 그들이 나를 생각하며 마음을 쏟았던 시간과 감정 그 모든 것들이 값을 매길 수 없을 정도로 귀하다. 무엇보다 나는 나를 위해 제 인생의 일부를 내어준 그 사람들 덕분에 이렇게 꿋꿋하게 지낼 수 있다.

그래서 앞으로도 나는 나를 더 단단히 지켜내고 싶다. 나뿐만 아니라 나를 사랑하고 지지해 주는 모든 이들의 마음을 낭비하지 않기 위해서.

나는 누구의 시선으로
나 자신을 보고 있나?

얼마 전 아빠로부터 갑자기 전화가 왔다.

"큰아빠가 상태가 많이 안 좋은가 봐. 곧 돌아가실 것 같다는데……."

아빠의 형. 우리 집안의 장손. 그런 큰아빠가 거의 돌아가실 지경이 되어서야 아빠에게 연락이 온 것이다.

큰집과 우리 집은 오랫동안 교류가 끊긴 상태였다. 큰아빠의 아들인 내 사촌 오빠가 어린 시절에 날 성추행했기 때문이다. 당시 나는 아직 초등학교에 들어가기도 전이었고, 그 오빠는 초등학교 고학년이었다. 나중에 학교에서 성교육을 받고 그때 내가 당한 게 무엇인지 비로소 깨달았을 땐 이미 몇 년이 흐른 뒤였다. 그래서 나는 그 사실을 그냥 묻어 두었다.

"오늘 있었던 일은 어른들한테는 절대로 이야기하면 안 돼. 그러면 우리 둘 다 집에서 쫓겨날 거야."

당시 사촌 오빠가 했던 그 말이 여전히 내 머릿속에 남아 있었다. 그때는 나도 이미 머리가 좀 커서 집에서 쫓겨날 거란 오빠의 협박을 곧이 곧대로 믿지는 않았지만, 괜히 집안에 시끄러운 일을 만들고 싶지 않았다. 그래서 나는 침묵했다. 무려 20년이 넘도록.

내가 아빠에게 그 모든 사실을 털어놓은 것은 서른이 넘은 지 얼마 되지 않은 시점이었다. 당시 아빠는 틈만 나면 내게 그 사촌 오빠와 가깝게 교류하라며 잔소리를 했다. 앞으로 집안 어르신들이 다 돌아가시면 우리에게 남는 것은 사촌들밖에 없다며, 그러니 지금부터 자주 어울리며 친형제처럼 돈독하게 지내야 하지 않겠냐는 것이었다.

마치 사형 선고가 떨어진 것만 같았다. 이미 그동안 친인척의 경조사에 참여하면서 뜨문뜨문 그 인간의 얼굴을 보는 것만으로도 충분히 괴로웠다. 그런데 앞으로 계속해서 교류해야 한다니. 그것도 친형제처럼. 결국 참을 수 없었던 나는 아빠에게 모든 사실을 털어놓았다. 내가 그 오빠에게 어떤 일을 당했는지, 왜 절대로 그 오빠를 친형제처럼 생각할 수 없는지 말했다.

아빠는 충격을 받았다. 믿을 수 없었던 건지, 믿고 싶지 않았던 건지 모르겠지만 내게 몇 번이나 정말 그게 사실이냐고, 네가 제대로 기억하는 게 맞냐며 되물었다. 나는 인내심을 가지고 아빠에게 그날 그와 있었던 모든 일을 한 장면 한 장면 대사 하나까지 상세하게 설명했다. 흔들림 없는 진술을 몇 번씩 반복한 뒤에야 아빠는 내가 진실을 말하고 있다는 걸 받아들였다.

그 다음 날, 아빠는 내게 말도 없이 큰아빠를 찾아갔다. 모든 이야기를 전해 들은 큰아빠, 큰엄마는 깜짝 놀라 제발 나를 한번 만나게 해달라고 울고불고 빌었다고 한다. 나는 몹시 충격을 받았다. 나는 이 일이 이런 식으로 공론화되길 원하지 않았다. 내가 원했던 건 그저 아빠가 앞으로 내게 그 오빠와 가깝게 지내라고 강요하지 않는 것뿐이었다. 그걸로 끝나면 될 일을 이렇게까지 큰 난리로 번지게 만든 아빠의 행동을 이해할 수 없었다.

이후 단 한 번도 큰집 식구들을 만나지 않았다. 만나야 할 이유를 찾을 수 없었기 때문이다. 아빠도 내게 그 집안 이야기를 일절 꺼내지 않았다. 그러나 가끔가다 한 번씩 내게 이렇게 물었다.

"남자들은 어릴 때 한 번쯤 실수하고 그럴 수 있어. 네가 그 오빠를 넓은 마음으로 용서해 줄 순 없을까?"

용서라니, 말도 안 되는 소리였다. 정작 그 짓을 벌인 당사자는 자기 죄를 인정하고 내게 용서를 구하지도 않았는데.

이런 상황에서 몇 년이 지났고, 큰아빠가 죽을병에 걸려 돌아가시기 직전이라는 소식이 들려온 것이다.

솔직히 나는 왜 아빠가 그 소식을 나에게 전하는지 알 수 없었다. 그것도 우리 사이가 이렇게 된 상황에서 왜 굳이? 내가 큰아빠를 보러 갈 거라 생각한 걸까? 거기 가면 그 가족들도 있을 텐데 말이다.

나는 깨달았다. 여태까지 아빠는 내가 그 사건으로 인해 입은 상처의 본질을 전혀 이해하지 못하고 있었던 것이다. 아빠 생각에 내가 당했던 일은 어린 시절에 애들끼리 장난치다 어쩌다 일어날 수 있는 불미스러운 사건이었다. 그런데 내가 예민한 여자애라 속이 좁아서, 옹졸해서, 어린 시절의 일을 두고두고 곱씹는 게 문제였다. 모든 게 성추행 가해자인 그 오빠의 잘못이 아니라, 그만큼의 세월이 지난 뒤에도 그 일을 이렇게 구체적으로 기억하는 나의 소심함이 잘못이었던 것이다. 그냥 나만 마음

편하게 먹고 눈 딱 감고 관대하게 그 오빠를 용서하면 다 끝나는 일인데 굳이 그 용서를 안 해주고 있는 내 고집이 가장 큰 문제였다.

아빠는 처음 내 고백을 들은 날 이후로 지금까지 나만 그 인간을 용서하면 큰집 식구들과 여전히 가족처럼 다정하게 지낼 수 있을 거라는 기대를 품어왔던 것이다.

어리석은 생각이다. 그 오빠가 나를 건드린 순간부터 우리는 더는 '가족'이 될 수 없었는데 말이다.

나는 함께 큰아빠를 보러 가지 않겠냐는 아빠의 제안을 단칼에 거절했다. 애초에 큰아빠가 아프다는 소식을 내게 전한 것도 그다지 좋지 않은 선택이었다. 왜 굳이? 내가 궁금해할 거라고 생각했나? 나에게 그들은 이제 내 가족이 아닌 가해자의 가족일 뿐인데.

그리고 얼마 뒤에 큰아빠가 돌아가셨다는 소식이 들려왔다. 나는 장례식장에 가지 않았다.

솔직히 기분이 좋지는 않았다. 마음도 무거웠다. 비록 그 오빠가 내게 잘못을 저지르긴 했지만, 큰아빠와 큰엄마는 나쁜 사람이 아니었다. 어린 시절 나를 많이 예뻐해 주시고 잘 돌봐주셨다. 그렇지만 우리 사이에 일어난 일은 이미 돌이킬 수 없었다. 머릿속이 시끄러웠다.

'네가 그러면 안 되지.'

'그분들이 널 얼마나 예뻐했는데……'

이런 소리가 자꾸만 머릿속에 울려서 괴로웠다. 나는 마음이 너무 어지러워 모든 사정을 알고 있는 친구에게 상황을 설명한 뒤 물었다.

"네가 봐도 내가 너무 매정한 것 같아?"

매정하다. 차갑다. 그런 표현이 자꾸 머릿속에 떠올랐다. 마치 아빠가 언제나 내게 했던 말처럼. 그런데 친구로부터 돌아온 대답은 의외로 단순했다.

"아니, 나라도 안 갈 것 같은데. 너 맘 편한 대로 하는 거지."

그제야 마음이 놓였다. 한편으로는 씁쓸함이 몰려왔다.

'내가 왜 자기검열을 하고 있는 거지?'

이런 상황에서는 그 누구도 나를 보고 함부로 매정하니 어쩌니 평가할 순 없다. 그걸 잘 알면서도 나는 누가 나를 그런 식으로 볼까 봐 무의식적으로 걱정하고 있었다.

아무래도 나는 내 생각보다 훨씬 더 아빠의 기준으로 자신을 평가하는 데 익숙해져 버린 것 같다. 오랜 세월에 걸친 가스라이팅의 후유증은 아직도 이렇게 강력하게 내 일상에 남아 있다.

슬픈 김칫국

    우리 가족은 다른 평범한 가족들처럼 한집에서 살지 않았다. 엄마와 아빠가 이혼하기 전까지만 같이 살았으니까 내 인생의 1/4 정도만 같이 산 셈이다. 성인이 된 이후 지금까지도 각자 따로 살고 있다. 그래도 최근 한 10년 정도는 매년 12월 31일 밤과 명절 당일만큼은 아빠 집에서 다 함께 모여서 보내곤 했다.

    올해 1월 1일은 정말로 오랜만에 나 혼자 맞이했다. 아빠에게서 별다른 연락이 없었기 때문이다. 연말을 며칠 앞두고 내게 보낸 협박 문자 외에는 말이다. 덕분에 나는 혼자서 편안하게 새해를 맞이할 수 있었다.

    그런데 설 명절을 앞둔 어느 날 큰아빠가 돌아가셨다(앞 장에서도 언급했듯이 나는 장례식에 가지 않았다). 이후 설 연휴가 바로 코앞으로 다가왔을 무렵 아빠에게서 전화가 왔다.

    "난데, 이번 설 연휴에는 안 와도 된다고. 나는 할머니 보러 갈 거니까."

    나는 당황스러웠다. '새해에 나를 보러 오지 않아도 된다'라는 말은 애초에 내가 아빠를 보러 갈 생각이 있었다는 전제하에 의미를 갖는 거절이다. 그런데 아빠는 내 생각도 묻지 않고 냅다 전화를 걸어서는 내게 거절부터 박았다. 마치 이렇게 선수 치듯이.

"네가 나를 거절한 게 아니고, 내가 너를 먼저 거절한 거야! 딱 알아둬!"

찌질하다. 아빠를 대놓고 찌질하다고 표현하는 건 아무리 불효자가 되기로 결심한 나라도 마음이 편한 일은 아니다. 그렇지만 아빠의 저 말은 확실히 찌질했다.

나는 개인적으로 올해 어버이날을 몹시 기대하고 있다. 그날이 다가오면 아빠는 내게 뭐라고 말할까? 이번에도 내 낌새가 영 아닌 것 같으면 '굳이 올 필요 없다'라며 나서서 설레발을 치려나?

게다가 내 생일은 어버이날 나흘 전인 5월 4일이다. 아빠의 가스라이팅을 고발하는 이 책의 출간일이기도 하다. 그러니 이번 어버이날에는 부디 아빠가 '내 딸이 이번 일에 대해 많이 반성하고, 죄책감을 느끼고 있으며 간절하게 다시 가족에게 돌아오고 싶어 한다.'라는 김칫국은 마시지 않았으면 좋겠다. 아무리 나라도 아빠가 혼자서 그런 김칫국을 들이켜고 있는 모습을 상상하면 서글퍼지니까.

책을 내기로 결심하다

일반적으로 생각했을 때, 내가 겪은 일은 굳이 책으로 펴내기까지 할 만한 일은 아닐지도 모른다. 아빠를 손절한 자발적 불효자(feat. K-장녀) 이야기라니. TMI 그 자체 아닌가. 그럼에도 내가 굳이 이 책을 출간하기로 결심한 데에는 크게 두 가지 이유가 있다.

첫 번째는 지극히 개인적인 이유인데, 그냥 징징거리고 싶어서다.

주위 사람들한테 징징거리면 되지 않냐고? 맞다. 사실 이미 많이 징징거렸다. 그런데 그것도 한 두세 달 정도 하니까 왠지 더 이상 이러면 안 될 것 같더라. 나에게 일어난 불행은 불행이고, 우리의 관계는 원래 관계대로 이어져야 하지 않나. 그런데 어느 순간부턴가 이 일을 알고 있는 친구나 지인들을 만날 때마다 내 개인적인 불행이 눈치 없게 슬쩍 꼽사리를 끼는 듯한 느낌이 들었다. 아무리 명랑하게 포장하고 웃어넘기려고 해도 이 일과 관련한 이야기만 나오면 분위기가 가라앉는 것은 어쩔 수 없었다.

나는 이미 그들을 붙잡고 1절, 2절, 3절까지 했다. 이 이상 하는 건 뇌절이 아닐까?

그래서 나는 적당한 시기에 징징거림을 멈추고 그들 앞에서 더는 이 일에 대해 말을 꺼내지 않았다. 대신 이 책의 원고를 집필하기 시작했다.

작가라서 좋은 점은 이렇게 대놓고 징징거리는 내용으로 글을 써서 책을 낼 수 있다는 것이다. 나는 그 어드밴티지를 기꺼이 활용하여 일종의 셀프 심리치료 목적으로 이 책을 쓰고 있다. 아시다시피 글쓰기는 혼자서 할 수 있는 최고의 심리 치유 수단이니까.

또 하나의 이유는 다소 공익적이다. 나는 이 세상 어딘가에 있는 누군가에게는 이런 이야기가 반드시 필요할 거라고 생각했다. 나르시시스트인 가족 때문에 고통받으면서도, 어디 가서 선뜻 그 이야기를 하지 못해 속으로만 앓고 있는 과거의 나 같은 사람들이 분명히 있을 것 같았다.

내가 이렇게 생각하게 된 계기가 있다.

아빠와의 갈등이 극심했을 무렵, 나는 멘탈을 똑바로 붙잡지 못하고 가는 곳마다 여기저기 나의 불행을 살포하고 다녔다. 주말마다 가는 프리랜서 주간 회의 자리에서, 가끔 안부 인사를 주고 받는 예전 직장동료에게도, 스터디 모임 동료들한테까지. 그렇게 공과 사를 구별하지 못하고 어디에서든 내 고통을 적나라하게 드러냈다. 심지어 네트워킹 차원에서 처음 만나 이야기하는 사람들 앞에서 나를 소개하며 이렇게 말하기도 했다.

"저는 그동안 나르시시스트인 아빠한테 가스라이팅을 당해 왔어요. 하하."

당시 나는 진실을 깨달은 직후 휘몰아친 분노와 좌절로 똘똘

뭉치다 못해 반쯤 돌아있는 상태였다. 내 이야기를 듣는 사람들이 나의 이 지극히 개인적인 불행에 당황하고 불편해할 수 있을 거라는 생각이나 배려를 할 만한 마음의 여유가 없었다. 그래서 그렇게 상황과 분위기를 가리지 않고 가는 곳마다 꽝꽝 폭탄을 떨어트렸다.

그런데 그때마다 신기한 일이 일어났다. 폭탄이 떨어져 조용해진 테이블, 다소 어두워진 분위기, 누구 하나 입을 쉽게 뗄 수 없을 것 같은 그런 분위기 속에서 누군가가 꼭 이렇게 입을 열기 시작하는 것이다.

"사실은 저도…."

그들은 그렇게 조심스레 뭔가를 털어놓았다. 하나같이 내 이야기만큼이나 어처구니없는 이야기들이었다. 그중에는 오히려 내가 겪은 것보다 상황이 더 심각한 사연도 있었다. 그것들은 자신이 직접 겪은 일이기도 했고, 혹은 자기 가족이나 친구, 지인이 겪은 일이기도 했다.

"저도 사실 그 가족하고 안 본 지 좀 됐어요."

"그냥 마지못해 최소한의 연락만 하고 살아요."

이야기를 마친 뒤 그렇게 말하는 그들의 얼굴은 어딘지 당황스러워 보였다. 이런 자리에서 이런 이야기를 하게 될 줄은 상상도 하지 못했다는 듯이. 당황스러운 것은 나도 마찬가지였다.

나 혼자 다 끌어안기에 버거워서 다소 무례하게 내던져 버렸던 개인사에 이런 메아리가 붙어서 돌아올 줄이야. 나는 내가 초래한 결과에 놀라 어쩔 줄 몰랐다.

그러나 그런 불편함은 순간이었다. 그 어디서도 털어놓은 적 없던 그 이야기를 서로에게 쏟아놓은 순간부터 우리는 이전보다 좀 더 후련해지고, 좀 더 가까워졌다. 몇몇 사람들은 내게 이렇게 말하기도 했다.

"전 그 가족하고 있을 때 제가 왜 그렇게까지 힘들었는지 알 수 없었어요. 그냥 저한테 문제가 있는 줄 알고 자책도 많이 하고 그랬거든요. 그런데 지금 말씀하시는 걸 들어보니까 제 가족도 나르시시스트였던 것 같아요."

그 말을 듣고 나자 어쩌면 나르시시스트 가족에게 고통받는 사람들이 생각보다 꽤 많을지도 모르겠다는 생각이 들었다.

'저것도 다 나를 생각해서 하는 말이겠지.'
'가족이니까, 나를 사랑해서 그러는 거겠지.'

그런 생각으로, 혹은 사회적인 분위기 때문에 말도 못 하고 혼자 속앓이하면서 참고 살아가는 사람들이 많지 않을까?

그래서 나는 나와 아빠 사이에 일어난 일과 그것을 극복한 과정을 기록해서 책으로 남기기로 했다. 나의 과오와 실책까지 공개적으로 털어놓는 부끄러운 일이지만 그럼에도 꼭 해야 할 일이라는 생각이 들었다.

만약 가족이 지옥인 상황에서 고통받고 있는 누군가가 이 책을 보고 인해 자신이 처한 상황이 어떤 것인지 알게 됐다면, 그래서 단 한 명이라도 더 마음의 평화를 얻을 수 있다면 나는 더 바랄 게 없다.

+

2023년 초, 나와 13년 동안 함께 살았던 반려조가 무지개다리를 건넜다. 나는 반려조를 기리기 위해 '비체 베르사'라는 1인 출판사를 차려 『작별의 날들』이라는 에세이를 출간했다. 그러자 아빠는 내게 이렇게 말했다.

"야, 넌 내 얘기로 책을 내야지. 새 얘기로 책을 내냐?"

아빠, 소원 이루셨네요. 축하드립니다.

나가는 글

I WILL SURVIVE

여태까지 총 네 권의 에세이를 출간했다. 지금 쓰고 있는 이 책은 나의 다섯 번째 에세이다. 처음 내 이름으로 된 책이 세상에 나왔을 땐 너무 신기했고, 평생 단 한 번 찾아올 행운이라고 생각했다. 그런데 어쩌다 보니 그 이후로 거의 1년에 한 권씩은 신간을 펴내고 있다.

사실 내 책들은 잘 팔리지 않는다. 그래도 나는 매번 책을 내기로 결심한다. 이번만큼은 책이 잘 팔릴 거라는 대단히 큰 희망과 기대를 걸고 내는 것은 아니다. 내가 에세이를 출간하는 데에는 그보다 좀 더 실용적이고 개인적인 이유가 있다.

사실대로 고백하자면 내가 매번 출간을 마음먹는 가장 큰 이유는 '사람들의 질문에 똑같은 대답을 여러 번 반복하기 싫어서'이다. 지인이든 친구이든 외부인이든, 대개 타인이 내 삶에 대해 궁금해하는 내용은 거의 비슷하다. 그런데 나는 혼자고, 타인은 다수다. 그러다 보니 매번 그들의 질문에 똑같은 답을 반복하게 되고 결국 진이 빠져버린다. 그런 상황이 되면 난 책을 써야겠다고 마음먹게 된다.

그러니 나에게 있어서 책이란 사람들이 내게 궁금해하는 것들에 대한 일종의 매뉴얼인 셈이다. 어쨌든 이렇게 한 번 책을 만들어 두면 매번 다른 사람 앞에서 자동 응답기처럼 똑같은 말을 반복해야 하는 내 에너지는 보존할 수 있으니까.

이 책도 마찬가지다.

작년 하반기 아빠와 갈등이 불거지고, 이후 아빠와 인연을 끊는 과정에서 나는 친구, 지인, 가족들과 수많은 대화를 나눴다. 상황이 어느 정도 정리되고 난 뒤에는 외부인을 만나는 자리에서도 내게 있었던 일을 솔직히 털어놓았다. 그 뒤로 한동안 나는 온갖 질문들에 둘러싸여 살았다. 아빠를 손절했다는 게 어떤 건지, 그것이 사랑이 아니라 가스라이팅이라는 것을 어떻게 깨달았는지, 어떻게 그 상황을 벗어났으며 지금 심경은 어떤지 등등.

그 모든 질문에 진심으로 대답하다 보니 점점 기가 소진되는 듯한 느낌이 들었다. 그런데 궁금해하는 마음도 이해가 갔다. 입장을 바꿔서 생각해 보면 나라도 궁금할 것 같았다. 그래서 '이렇게 궁금해하는 사람이 많은데 한번 써볼까?' 하는 마음으로 작업을 시작했다.

비교적 가벼운 시작이었지만 원고 작업 과정은 쉽지 않았다. 이전의 에세이들을 쓸 때는 그래도 비교적 가볍게 후루룩 써 내려갔는데 이번 에세이는 그렇게 진도가 팍팍 나가지 않았다. 한 편 한 편 쓴 다음에 다시 읽어볼 때면 덜컥 뭔가가 마음에 걸렸다.

'이게 그냥 공개적인 고자질이랑 뭐가 다르지?'

남의 아빠 얘기를 궁금해하는 사람이 있을까? 이토록 개인적인 이야기를 과연 누가 읽고 싶어 하긴 할까?

그래서 이 책을 내기까지 참 고민이 많았다. 사실 이 원고를 쓰고 있는 지금까지도 고민은 계속되고 있다.

그래도 끝끝내 출간을 강행하는 이유는, 내가 솔직하게 털어놓은 지극히 개인적인 이야기가 누군가에게는 반드시 도움이 될 거라는 확신 때문이다.

이 세상 어딘가에는 분명히 나와 비슷한 일을 겪은 사람이 있을 것이다. 자신이 당하는 것이 가스라이팅인 줄도 모르고 영문도 모른 채 나르시시스트들에게 착취당하는 피해자들 말이다. 지금도 그들은 나르시시스트와의 사이에서 벌어진 모든 갈등을 제 탓으로 돌리며 벗어날 수 없는 무력감 속에서 고통받고 있다.

그러나 피해자들에게 필요한 것은 자기반성이 아니다. 그들은 잘못한 게 없으니까. 대신 피해자들이 추구해야 하는 것은 바로 '앎'이다. 자신이 처한 현실을 정확히 인식하고, 나를 괴롭히는 나르시시스트의 실체를 파악하고 탐구하는 것이다.

아빠가 나르시시스트라는 것을 알기 전까지 나는 언제나 무기력한 상태에 빠져 있었다. 당시 나는 내가 그런 상태인 줄도 몰랐다. 원인을 모르니 가슴의 답답함은 해소되지 않았고 아빠와의 관계 개선에만 매달렸다. 그러던 어느 날 내게 갑자기 던져진 유튜브 링크의 영상을 통해 나는 비로소 내가 처한 현실을 깨달았다. 이후로 더는 아빠에게 휘둘리지 않았다. 그 영상이 나의 '빨간 약'이 되어 나를 매트릭스에서 꺼내주었기 때문이다. 그제야 나는 왜곡되지 않은 현실을 온전히 볼 수 있었다.

'지피지기면 백전백승'이라는 말의 출처를 아는가? 사실 이 말의 출처는 없다. 왜냐하면 잘못 알려진 말이기 때문이다. 다만 비슷한 말로 지피지기(知彼知己)면 백전불태(百戰不殆)라는 말이 있는데, '적을 알고 나를 알면 백번 싸워도 위태롭지 않다'라는 뜻이다. 이 말의 출처가 바로『손자병법(孫子兵法)』이다.

나르시시스트들에게 호되게 당한 뒤 각성한 피해자들은 그 동안 나르시시스트와 자신이 쌓아온 관계를 돌아보며 열심히 공부한다. 주로 어떤 원리로 가스라이팅이 이루어지는지, 나르시시스트들이 피해자를 조종하기 위해 펼치는 전략들에는 어떤 것들이 있는지, 왜 나는 거기에 말려들었던 것인지……. 피해자들은 이렇게 하나하나 쌓은 지식을 벽돌 삼아 앞으로의 삶에서 또 어떤 형태로 나타날지 모를 나르시시스트에 대한 정신적 방어벽을 쌓는다.

이렇게 공부하다 보면 나 같은 사람이 생각보다 많다는 것도 깨닫게 된다. 나르시시스트 부모에게 가스라이팅을 당해 고통받는 자녀들도 많지만, 일찌감치 각성하여 기꺼이 '불효자' 타이틀을 달고 저항하는 자녀들도 많다.

인터넷에 올라오는 수기나 출간된 책, 유튜브의 댓글 등으로 알게 된 그들의 존재는 내게 용기와 희망을 주었다. 자신의 결정으로 가족을 손절한 순간, '너 혼자가 아니야'라고 말해주는 누군가가 있다는 게 얼마나 든든했는지.

혈관 속에 효와 도리가 흐르는 유교의 나라 대한민국에서 그 누구도 이해해 줄 수 없는 고민을 품었던 나르시시스트의 자녀들은 그렇게 지피지기 백전불태하며 자신을 지키고 있었다.

그래서 나는 이 책을 냄으로써 기꺼이 그 불효자의 대열에 합류하기로 결심했다. 인터넷에서 스치듯 본 누군가의 글이, 모임에서 만난 누군가가 건넨 '사실은 우리 집도 그래요.'라는 한마디가 내게 용기를 줬던 것처럼. 내 경험을 담은 이 책이 지금 가스라이팅을 당하고 있는 누군가에게 닿을 수 있다면. 그래서 이런 말을 건넬 수 있다면.

"힘들지? 나도 그랬어. 근데 내 잘못이 아니더라고. 그러니까 당신 잘못이 아니야."

정말 이 한마디면 된다. 그냥 자기 잘못이 아니라는 것만 알아도 된다. 그 순간부터 피해자들은 더는 부끄러워하지도, 원인 모를 우울감과 무력감에 시달리며 괴로워하지도 않을 것이다.

서문에서 예시를 들었던 영화 《매트릭스》를 다시 떠올려 보자. 진정한 현실을 인지하게 된 자들이 선택할 수 있는 것은 거짓된 세계와의 전쟁뿐이다. 나를 포함해 가스라이팅의 피해자였던 모든 이들은 치열한 전쟁을 계속하고 있고, 아직 생존 중이다. 그리고 앞으로도 계속해서 살아남을 것이다.

2024년은 나의 독립 원년이다. 부끄럽지만 남들에 비해 참 오래 걸렸다. 그래도 지금까지 살아온 날들보다 앞으로 살아갈 날들이 더 많이 남았을 거라 믿으며 이제부터라도 늦지 않았다는 희망을 품어본다.

마지막으로 미국의 시인 니키 조반니의 말을 인용하고 싶다.

"Rage is to writers what water is to fish."

(작가에게 분노란 물고기에게 물이나 마찬가지다.)

나는 분노 속에서 숨을 쉬며 이 글을 썼다.

부록 1

아빠에게

아빠, 태어나서 처음으로 아빠에게 편지를 썼던 때가 기억나.

그때 나는 편지에 '아빠라는 사람이 이 세상에 있어 줘서 너무 감사하다'라고 썼었어.

당시 나는 아직 초등학생도 되기 전이었는데, 그 문장을 삼십 대 후반이 된 지금까지도 이렇게 선명하게 기억하고 있어. 아빠가 그때 그 문장을 보고 엄청나게 감탄했거든. 아주 감동적이라고, 어린 아이가 이런 표현을 쓸 수 있다는 게 믿기지 않는다고 뿌듯해하던 모습이 기억나.

나는 그때 정말 행복했어. 앞으로도 아빠 마음에 드는 딸이 되어서 아빠를 정말로 기쁘게 해주고 싶었어.

그래서 이렇게 오랫동안 아빠가 나르시시스트였다는 걸 모르고 살았나 봐.

아빠가 나를 사랑하지 않았다고는 생각하지 않아. 다만 아빠가 사랑한 건 내가 아니라 '아빠의 딸'이었다고 생각해. 아빠는 아빠의 확장으로서, 아빠가 이룩한 것들을 지키고 이어갈 아빠의 작은 아바타를 아끼고 사랑했던 거야. 그래서 아빠의 딸이 아닌, 그냥 인간인 나를 온전히 받아들이지 못했던 거고.

예전에 내가 한번 결혼할 뻔했었잖아? 근데 헤어졌지. 마지막에 내가 그 남자한테 이렇게 말했었어.

"너는 네 인생의 그림이 이미 다 그려져 있고 빠져 있는 직소 퍼즐 한 조각을 찾아서 끼워 넣으려는 것 같아. 그런데 나는 그 퍼즐 조각과는 모양이 달라. 억지로 그 자리에 끼워 넣을 수 없다고."

그땐 몰랐는데, 지금 와서 생각해 보니 이 말은 내가 아빠에게도 했어야 할 말이더라. 나는 아빠의 위대한 인생의 한 조각을 채우는 도구가 되고 싶지 않아. 나를 위해 평생을 희생했다는 아빠의 말조차 아빠의 그림에 아우라를 더하는 장식일 뿐인걸.

내가 이렇게 편지를 쓰는 이유는 사실 늘 아빠에게 하고 싶었던 말이 있었기 때문이야. 책에서는 차마 다 하지 못했던 그 말을 이 지면을 빌어서 조금 더 해볼게.

아빠, 나는 사실 엄마가 밉지 않아.

아빠는 내가 아빠처럼 엄마를 미워하길 바라서 내 앞에서 엄마의 험담을 많이 했지. 그런데 아빠가 '네 엄마는 너를 임신했을 때 너를 너무 지우고 싶어서 줄담배를 피웠다. 그런데 내가 네 엄마 발 밑에 엎드려서 제발 담배 피우지 말라고 빌었다. 혹시 네가 잘못될까 봐.'라고 말하면 나는 엄마가 미워지는 게 아니고 그냥 나 혼자 상처받았어.

아빠가 들려주는 이야기의 주인공은 항상 내가 아니라 아빠였어.

아빠는 사악한 마녀의 계략에서 한 생명을 무사히 지켜낸 영웅이었고, 나는 그저 '엄마가 원하지 않은 아이'였을 뿐이니까.

처음에는 아빠 말대로 엄마를 좋지 않게 생각하려고 노력해봤어. 아빠가 엄마가 매사에 철이 없고 이기적이었다고 했잖아? 내가 갈수록 그런 엄마 모습을 닮아가서 걱정된다고도 했지. 그런데 내 나이가 서른이 넘어가고 나니까 그 말이 조금 이상하게 느껴지더라.

엄마는 열아홉 살에 나를 낳았잖아. 지금 내 사촌 조카들보다 어린 나이에 말이야. 아빠는 엄마보다 열한 살이 많았고. 그걸 떠올리니까 문득 그런 생각이 드는 거야.

'아빠는 고작 열아홉 살밖에 안 된 여자한테 바라는 게 뭐가 그리 많았을까?'

아빠보다 나이가 열한 살이나 어린 여자가 갑자기 애가 생겨서 계획에 없이 결혼까지 하게 됐는데, 살림도 잘하고 애도 잘 키우고 아빠에게 헌신하면서 모성애까지 완벽하게 발휘하길 바란 건 지나친 욕심이 아니었을까?

물론 아빠에게 이렇게 말하고 있는 나도 엄마에게 딱히 좋은 기억이 있진 않아. 아빠 말대로 엄마가 나를 싫어한 건 맞고, 그 감정을 숨기지 못한 것도 맞아. 그 마음이 나를 향한 학대로 이어지기도 했어.

그래도 엄마는 나를 때린 밤이면 내 통통 부은 종아리에 얼음을 대주며 숨죽여 울었어. 내 생각엔 엄마가 나를 싫어하긴 했지만 그래도 완전히 싫어하진 않았던 것 같아. 그래서 더 혼란스러웠지만, 그게 내가 엄마를 싫어해야 할 이유가 되진 않는 것 같아.

나는 단지 엄마가 너무 어렸고, 너무 절망적이었다고 생각해. 그래서 원망하고 싶지 않아. 지금의 나는 그때의 엄마보다 훨씬 어른이 되었으니까.

그런데 아빠, 아빠는 엄마랑 이혼하고 나서도 30년은 더 살았잖아. 그런데도 아직도 엄마 얘기가 나오면 표정이 안 좋아지지. 마치 일방적으로 편들어주지 않아서 삐친 어린아이처럼. 이제는 슬슬 아량을 좀 넓혀보는 게 어떨까? 어쨌든 아빠 인생에서 그토록 중요한 '내 딸'과 '내 아들'을 낳아준 여자잖아.

어쩐지 이 말만큼은 꼭 하고 싶어서 편지를 쓰게 됐어. 나는 나를 원하지 않았다는 이유로 엄마를 미워하지 않아. 사실 그보다는 아빠가 평생 '아빠의 딸'이 아닌 나를 원하지 않았던 게 훨씬 더 괴로웠어.

그래도 솔직히 말하면 나는 아빠가 밉지는 않아. 오히려 조금 안쓰럽다고 생각해. 아빠가 이런 내 마음을 이해할 수 있을지는 모르겠지만.

처음 글을 쓰기 시작했을 때부터 언젠가 꼭 한 번쯤은 아빠에 관한 책을 쓰고 싶다고 생각했어. 그런데 설마 이런 책을 쓰게 될 줄은 몰랐네. 그런데 그 협박 문자를 보고 나서는 글을 쓸 수밖에 없었어. 내가 아빠한테 이런 소릴 들을 거면 이걸로 돈이라도 벌어야겠더라고.

그래도 내가 인터넷에 써둔 《낭만적 퇴사와 그 후의 일상》이라는 소설이 있거든? 그 소설 2부도 아빠 얘기니까 나중에 읽으려면 읽어봐. 이 책이랑 같이 읽으면 재밌을 거야.

하여튼 건강하고, 이만 줄일게.

*추신 : 늘 아빠에게 보내는 편지 말미에는 '아빠 딸'이라고 썼지만, 오늘은 그냥 아무 말도 붙이지 않을게.

추천 도서

「나에겐 상처받을 이유가 없다」

- 원은수, 토네이도, 2023

<토킹 닥터스>라는 유튜브 채널을 운영하는 정신과 의사 원은수 씨가 집필한 책. 저자 또한 나르시시스트로 인해 고생한 경험이 있었고, 그 일을 계기로 나르시시스트에 대해 집중적으로 연구하게 되었다고 한다.

이 책에는 나르시시스트의 개념부터 유형, 대처법까지 명칭과 용어가 깔끔하게 설명이 되어 있다. 오랜 시간 나르시시스트를 전문적으로 연구해 온 저자의 내공이 느껴진다.

나르시시스트에 대해 다룬 기존의 번역서들보다 이해가 잘 되는 편이다. 국내 저자라 우리나라의 특수한 사회적 분위기에 대한 이해도가 높아서인 듯하다.

『그 사람은 왜 사과하지 않을까』

- 윤서람, 봄에, 2023

<서람TV_힐링크리에이터>라는 유튜브 채널을 운영하는 크리에이터가 출간한 책.

내가 처음으로 나르시시스트 부모와 가스라이팅에 대해 접했던 유튜브 채널이 바로 이 서람TV였다. 해당 채널에서는 각종 나르시시즘의 사례, 분석, 대처법 등의 영상들을 찾아볼 수 있다. 영상들의 길이도 대개 10분 내외고 내용도 명료해서 간단하게 보기에 좋다. 책의 본문도 영상처럼 명료하게 잘 읽힌다.

이 책에는 나르시시스트와 피해자가 맺을 수 있는 다양한 관계 유형이 서술되어 있는데, 그 예시들이 서람TV에 소개된 피해자들의 사연이나 댓글에서 봤던 듯한 내용들이라 더 몰입이 잘 된다. 나르시시스트에 대한 저자의 입장이 상당히 단호한 편이다.

『당신은 사람 보는 눈이 필요하군요』

- 크리스텔 프티콜랭, 부키, 2018

크리스텔 프티콜랭은 프랑스의 심리 치료사로, 『나는 생각이 너무 많아』(부키, 2016)라는 저서에서 '정신적 과잉 활동'이라는 개념을 제시했다. 저자는 이 책을 통해 평소에 생각이 빠르고 복잡하게 뻗는 '정신적 과잉 활동인'들이 어째서 심리조종자들의 조종에 쉽게 말려드는지 알기 쉽고 명쾌하게 설명한다. 20여 년 넘게 이어진 연구 결과를 바탕으로 심리조종자들의 얄팍한 정신세계와 빈약한 자존감을 거침없이 파헤치며 선량한 정신적 과잉 활동인들이 자신을 스스로 지키기 위해 알아야 할 정서적 호신술을 제시한다.

『상처받은 관계에서 회복하고 있습니다』

- 스테파니 몰턴 사키스, 현대지성, 2023

가스라이팅 피해자의 회복과 치유법에 중점을 둔 책이다.

피해자들은 자신이 가스라이팅의 피해자였다는 것을 처음 깨달았을 때 큰 혼란을 겪는다. 이후로는 분노, 좌절, 자기혐오 등의 감정에 빠져 앞으로 뭘 어떻게 해야 할지 몰라 눈앞이 캄캄해지기도 한다. 만약 그런 상황에 부닥쳐 있다면 이 책을 추천한다.

이 책은 가스라이팅의 피해자들이 자신의 상처를 극복하고 진정한 삶을 되찾기 위한 총 10단계의 로드맵을 제시하고 있다. 이 10단계를 꼭 전부 수행할 필요는 없지만, 그래도 기억해 두고 실천해 볼 만한 효과적인 조언들이다.

『사람은 고쳐 쓰는 게 아니다』

- 알리사, 떠오름, 2023

   평범하게 직장 생활을 하던 저자는 직장에서 가스라이팅을 당하다 공황장애를 얻어 퇴사한다. 그러나 이후 상처를 극복하고 자신을 되찾으며 성장해 나간다. 이 책에는 그런 저자의 솔직한 경험이 고스란히 담겨 있다.

   가스라이팅의 피해자는 심각한 심적 내상을 입기 마련이다. 그러나 그 상처를 극복하면 얼마든지 심리적으로 안정된 강하고 단단한 존재가 될 수 있다. 그런 사례를 보여 주는 희망의 증거 같은 책이다.

나는 그게
가스라이팅인 줄도
모르고

초판 1쇄 발행   2024년 5월 4일

지은이   설인하

디자인   설인하

편집   설인하

펴낸곳   비체 베르사

이메일   viceversabook23@gmail.com

인스타그램   @viceversa_book

ISBN   979-11-982425-1-8 (03800)